文學覺醒

一生必讀80本經典文學

GREAT AWAKENING

張志龍 著

經典閱讀　從心開始

推薦序／沒人喜歡孤獨 只是不想失望

我喜歡小澤征爾那張著名的照片，那是一九七九年三月波士頓管弦樂團北京公演，是中國改革開放的號角，宣傳意味濃厚；大師靦腆微笑，但領導人面前也毫不客氣。小澤征爾生前最後一次的演出是二〇二二年的 One Earth Mission（注一），大師以輪椅為席，眉宇緊蹙但目光炯炯，舞動孱弱的雙手，精確演出每一個小節。臺下雖無觀眾，但樂音直衝雲霄；那一曲直播傳送給國際太空站的是貝多芬〈艾格蒙特序曲〉，薩拉邦德緩慢而莊重的節奏，以強音齊奏出 f 小調的主音，從大師的指尖漸次迸發，感動世界。

《艾格蒙特》本是歌德的政治悒鬱，如果沒有貝多芬的劇樂譜曲，也許並不會成為狂飆突進運動的代表劇作。其中第三幕〈克莉琴之歌〉的詩文極為淒美，貝多芬也以之譜出〈鼓聲隆隆〉和〈充滿快樂充滿悲傷〉二曲；根據維基的說法：「歌德這段

原文	英譯（注 II）
Freudvoll und leidvoll,	Blissful And tearful,
gedankenvoll sein;	With thought-teeming brain;
Langen und bangen	Hoping And fearing,
In schwebender Pein;	In passionate pain;
Himmelhoch jauchzend,	Now shouting in triumph,
Zum Tode betrübt	Now sunk in despair;
Glücklich allein	With love's thrilling rapture,
Ist die Seele, die liebt.	What joy can compare!

注 I：One Earth Mission 是 2022 年小澤征爾、齋藤紀念管弦樂團（SKO）與 JAXA 合作的一項活動。2022 年是 JAXA 成立 30 週年，當年進行了日本首次載人宇宙航行，也是小澤征爾松本音樂節 30 週年紀念。

注 II：Goethe, J.W. von. Egmont, translated by Anna Swanwick. Vol. XIX, Part 3. The Harvard Classics. New York: P.F. Collier & Son, 1909-14; Bartleby.com, 2001.（www.bartleby.com/19/3/）。

詩文已成為歐洲知識分子經常引用的諺語，因為其中所代表的正是浪漫主義的靈魂」：（參閱第5頁）

張志龍富有畫面的文字表現方式，在《繁星巨浪》就已不吝展現。那是普桑名畫〈山水間的奧菲斯與尤麗黛〉，故事在作家生動鋪陳後出現了極富戲劇性的轉折，一時書頁化作舞臺，文字帶著弦音升起，婉轉女聲娓娓傾訴《世上沒有真正的平安》（注三）；那是一個非常難忘的閱讀經驗，此後韋瓦第**RV 630**不時浮現在我的許多人生轉角時刻，給我平靜的勇氣；**RV 630**最好聽的版本可能正是《鋼琴師》（Shine）的電影配樂，**Jane Edwards**的聲音純潔乾淨，劃破雲霄，莫非天籟。

〈艾格蒙特序曲〉出現在本書第一卷〈詩與愛〉，「貝多芬再度將他對拿破崙政權的憤怒，抒發於《艾格蒙特》曲目中，是承襲狂飆突進風格之後的浪漫樂派作品」，有如一對音樂的翅膀，讀者因此可以進入作家的思緒，尋找在歐洲雙元革命下動盪卻壯麗的時代中，那些偉大心靈的選擇。類似的隱喻其實在第一卷〈少年維特煩惱什麼〉就出現了，《電子情書》中梅格萊恩與湯姆漢克斯的價值矛盾映射了維特煩惱的本質，「如果你能體會維特的煩惱所在，也就找到打開西方文學大門的第一把鑰匙」；或是以《羅馬假期》那經典一幕揭開歌德的義大利之旅，「義大利是西方人的永恆朝聖之地，千百年皆然。」更不用說村上春樹著作中，各種影像與音樂的轉譯，華麗浮誇充滿隱喻。而的確，你怎能在讀《挪威的森林》時，不聽《挪威的森林》（注Ⅳ）呢？

知識與愛情的蛻變

從《擁抱絲路》到《繁星巨浪》，從探險家的冷靜自抑到藝術評論的熱情沉浸，

注Ⅲ：安東尼．韋瓦第《世上沒有真正的平安》Nulla in mundo pax sincera, RV 630。

注Ⅳ：The Beetles,“Norwegian Wood”, EMI, 1965。

似乎都不能真正定義張志龍的「長征探索」（注Ⅴ），《文學覺醒》可能也不會是他的邊界。《擁抱絲路》的開場白是一段跨越時間與空間的磅礴敘事，綿延萬里的長征記述則是自斯坦因與斯文赫定以來對絲綢之路探險的現代詮釋，有如阿蒙森的《南極》和 T.E. 勞倫斯的《智慧七柱》（Seven Pillars of Wisdom），勇氣與情懷才是《擁抱絲路》的核心；《繁星巨浪》則是一個華麗的舞臺，幕前看的是馬奈、竇加、莫內、塞尚、梵谷、高更、畢卡索等繁星閃爍，幕後是作家「親自勘查事件現場、吐納人文風土、瞭望歷史文明的景深，再回歸藝術發展與人性反省的脈絡……讓讀者接近有溫度的歷史現場，呼吸時代的氣息，坦然航行於藝術的長河」，而說好一個故事的代價，是大量的文獻閱讀和大量的旅行調研，親臨現場，重建當代時空景象。

例如塞尚（注Ⅵ）。評析塞尚畫作並介紹畫家的生平是常見的寫作方式，但用整整十六頁篇幅說左拉的故事卻很不尋常。摯友左拉的奮鬥人生似乎沒有影響塞尚的山居歲月與創作，「十九世紀末影響法國的大事彷佛未曾發生」，然而普法戰爭仍然左右一八九〇年代巴黎的政治氛圍，也是塞尚回到普羅旺斯後的時代背景，左拉開外掛的故事，我認為就是重建當代時空景象的手法之一，在卡拉瓦喬、竇加、馬奈、高更等篇章也都看得到。《繁星》有《擁抱》的溫暖筆觸，更充滿現代主義文學的理性與實證，例如藉波特萊爾的側寫反證馬奈對「現代」的認識，藉梵谷的困頓對照高更早年的快意人生等等，隱隱預示了更接近現代主義的《文學覺醒》：「我在撰寫《繁星》時已很清楚，航行於藝術的長河上的偉大藝術家承載並吸收過往經典的底蘊，這包括藝術表現的技法、內涵以及希臘文化與基督信仰、古典與現代思想的分野。儘管文學和藝術是不同的領域，但當時已領會文學發展有類似的脈絡。這也的確埋下寫西洋文學史的想法。」

注V：〈展開生命的壯旅〉本書 223 頁。

注VI：張志龍《繁星巨浪》布克文化，2016，P281-339。

這裡有個小細節。

張志龍曾任職於「Goldmund Consulting Co. Ltd.」擔任董事總經理（注Ⅶ），「Goldmund」是赫曼赫塞《知識與愛情》（Narziß und Goldmund）中的主人翁「戈特孟」的德文原名。戈特孟爽朗而充滿活力，是個如朝陽般的少年，喜愛自然、嚮往自由，因而離開體制，浪跡天涯；歡愉縱情也嘗遍冷暖，歷盡滄桑後坦然回首，前塵如夢。「每個畫家都畫自我、每位作家都寫自己」，你可細讀〈赫曼赫塞：知識與愛情〉一節並對照張志龍「離開機構、流浪征途、著書立說、創辦藝術講堂的人生轉折」，似乎是個有意義的巧合。如是我聞，自有趣味。

未央天

為《文學覺醒》作序的難處正是「讀者不了解他們的風華背景，讀起來的確不易有走入時代場景，感同身受的氣息」。《文學覺醒》不僅是一本書，而是一本張志龍的書。就像讀奧罕・帕慕克《伊斯坦堡：一座城市的記憶》（Istanbul: Memories of a City）才懂他在《純真博物館》（Masumiyet Muzesi）裡的隱隱呼愁，也才能理解深埋在《我的名字叫紅》（Benim Adim Kirmizi）（注Ⅷ）的認同憂傷，讀《文學覺醒》必須回到《擁抱絲路》裡的亞歐草原，重溫征途的日出與日落；也必須回憶《繁星巨浪》裡，卡拉瓦喬〈聖馬太蒙召〉到莫內〈撐陽傘散步的女人〉三百年間藝術史的光影變化，以及歷經啟蒙運動、浪漫主義、工業革命、馬克思主義、資本主義思潮下歐洲美術與文學的共時性。

我會在某個恍惚中驚醒、囁嚅天已九更卻隻字未落：《文學覺醒》是《繁星》的續集嗎？還是《文學覺醒》就是《繁星》？

注Ⅶ：見維基百科 https://zh.wikipedia.org/zh-tw/ 張志龍。

注Ⅷ：《伊斯坦堡：一座城市的記憶》、《純真博物館》、《我的名字叫紅》都是奧罕帕慕克（Orhan Pamuk）的作品。呼愁（Hüzün）是古老的奧斯曼式憂傷。2012 年辛曉琪曾演唱同名歌曲《呼愁》。

「讓我舉一個文學與藝術交匯的例子：除了聖經和荷馬史詩的內容廣泛作為藝術作品的主題和靈感以外，更有許多藝術家以但丁神曲為題材創作，譬如波提切利、米開朗基羅、羅丹。但丁神曲的出現不僅為中世紀思想提供了豐富的素材和完整的精神展現，也為文藝復興的到來奠定了基礎。同樣的，歌德從他的義大利之旅，遍歷古典時代和文藝復興的繪畫、雕刻及建築，對於他的威瑪古典主義，乃至於後來的巨作浮士德也產生深刻的影響。」

比較起導讀經典文學的上窮碧落下黃泉，作序人的問題「主要在於讀書不多，而想得太多。」鍵盤有春風，落筆千斤重。但我想起年輕時觀賞過的一齣音樂劇《約瑟的神奇彩衣》（Joseph and the Amazing Technicolor Dreamcoat）。那是一場極其華麗、精采絕倫、輕快而歡樂的音樂盛宴，洗腦神曲〈Any Dream Will Do〉更是朗朗上口，馬林巴琴音就像一艘說會故事的小舢板，搖曳著帶人進入一個古老而搖滾的異質空間。在二〇二二年六月四日英女王登基七十週年的皇宮白金派對上，傑生·唐納文（Jason Donovan）重現了由他原唱的這首歌曲，現任英皇和二萬子民隨著樂音擺動唱合，樂不可支。「May I return, to the beginning, the light is diming, and the dream is too……」創造傳奇還得是英國人（注Ⅸ）。

約瑟的故事（The Joseph Narrative）來自聖經舊約創世紀，本身就是一篇動人的文學作品，是創世紀的完結篇，開啟了以色列民族出埃及記的史詩（注Ⅹ）。伏爾泰認為這是古代流傳下來的最珍貴的文獻之一，埃及和巴比倫都無法比擬，是世界文學的瑰寶。細心研究約瑟的故事，讀者會被它的文學技巧所震撼。在西方文學中少有如此巧妙或成功的形式融入內容、將模式融入意義、將結構融入主題的作品，是「舊約中最具藝術性和最迷人的傳記」（注Ⅺ）。此外約瑟的故事也是許多畫家取材的來源，例如維拉斯奎茲（Diego Velázquez）《帶給雅各約瑟的血衣》、吉涅（Jean-Adrien Guignet）《約瑟解夢》、阿爾瑪塔德瑪（Sir Lawrence Alma-Tadema）《看管法老穀倉的約瑟》等，

注Ⅸ：”Any Dream Will Do” Ft. Jason Donovan, The MiSST Choir, The Cast of Joseph | Andrew Lloyd Webber, Jun 2002.

注Ⅹ：蒲慕州〈試析舊約創世約瑟故事之埃及背景〉，《臺大歷史學報》，1981:(8)163

注Ⅺ：W. D. Ramey, The Literary Genius of the Joseph Narrative, InTheBeginning.org, 2004

也是一個文學與藝術交匯的例子。

有個概念叫「思維密集度」，是一個作者準備和撰寫這份讀物所需要的總時間，除以你閱讀消化這份讀物的時間。如果一支短影片的製作是三十分鐘，滑手機六十秒看完的思維密集度是三十；用三天時間看完張志龍醞釀十二年的《文學覺醒》，思維密集度是一四六〇。所以在學習和資訊消化上（也許不消化），讀書是高強度高質量的思維活動，書也算是知識濃縮度最高的產品了，然而「你我逐漸明瞭，隨處可得的大量資訊只是不斷吹起的泡沫……一如海浪堆打上岸的卵石，在沙灘上邊走邊撿卻也邊走邊丟，毫不留戀。」張志龍如是說；不經意間我們有限的專注力，大量埋葬在無效的光影中。好好讀一本書，可能是一個週末的救贖，其實也就夠了。

作序期間，我重讀《擁抱絲路》和《繁星巨浪》，隨著無數次翻閱《文學覺醒》的初稿，看〈艾格蒙特〉的原文劇本、聽小澤征爾和貝多芬；看電影《Narcissus and Goldmund》和《挪威的森林》，聽很多有聲平臺上的評論……。不知為什麼想起茱蒂在長征起點的心碎時刻（注XII）。張志龍的文字精緻，在《擁抱》中有冷靜和珍愛、在《繁星》裡有品味與豐美，到了《文學覺醒》更有成熟疊加的精確和專業；誰知道下一部著作會是什麼呢？

我可能想太多了，也許我就隨心所欲吧（注XIII）。

楊方
一個忠實的讀者
2024 年 8 月

注XII：見《擁抱絲路》101 頁。
注XIII：史恩康納萊、吉蓮安德森、麥德琳史道威主演的《隨心所慾》（Play by Heart），1998。

Contents 目錄

推薦序　沒人喜歡孤獨　只是不想失望　楊方　004
開卷　回到青春　重拾初衷　020

第一卷
歌德　少年維特的煩惱
少年維特煩惱什麼　033
理性時代的反動　037
覺醒的養分、才華的培育　044
化情懷為時代力量　054
文本類型與作者密碼　061
恢復生命的熱情　072
後狂飆突進時代　094

第二卷
歌德　歌德自傳　詩與真實
成長時期的純粹與理想　099
詩與愛　105
每個人的基因都有義大利　117
直覺與熱情　129
我愛你，但這與你又有什麼關係呢？　136

第三卷 赫曼・赫塞 鄉愁

赫曼・赫塞的成長時代 149
閱讀生命的起點 156
傾談自然、詩的文采 167
難以言宣的嘆息——鄉愁的文本脈絡 181

第四卷 赫曼・赫塞 徬徨少年時

寂寞心靈之旅 193
走向幽暗世界 199
命運的鬥爭與追尋 208

Contents 目錄

第五卷
赫曼・赫塞 知識與愛情
展開生命的壯旅 221
太陽神與酒神 225
陸地與海洋 241
浪子回頭 257

第六卷
村上春樹 挪威的森林
為什麼是村上春樹 263
掀開青春的創傷 269
生命中不可逃脫之重 278
想像力的美學 286

第七卷——村上春樹 海邊的卡夫卡

世界邊境歷險記 299
掌握文本的密碼 310
希臘思想的困境 321

終卷 開啟世界文學的壯旅 326

開卷／回到青春 重拾初衷

世界的變化愈來愈不可測。無論日新月異的科技帶來何等便利，絲毫未減人們焦躁浮動的情緒，無論數位智慧如何進化，也不能為生命存在的價值賦予意義，而隨處可得的資訊，多如不斷吹起又瞬即消失的泡沫，難以在生命留下印記。

我們都有一個看不見的自我，稱之為靈魂。我們如何喚醒他，適當的培養澆灌，讓自己和他對話，活出自己的生命，至關重要。所幸，世間存在古往今來的偉大靈魂，潛藏在浩瀚書海中，我們得以伸手觸及，在空谷跫音中相遇對話，獲得更多智慧，讓心靈更加豐富；或在書中找到慰藉、尋獲知音，從而在現實生活中找到力量面對人生。

我認為，世間最美的風景之一，是人人擁有自己的圖書館，無論存量多寡，圖書館的收藏象徵擁有者的個性、氣質、心性以及他所對話交往的對象。然而，閱讀乍看容易，思想與智慧卻非唾手可得，必須經過一番貫穿古今的爬梳和鑽研理解，找到靈光乍現的密碼，才能獲得書中的思想菁華。再者，人的時間有限，書海無垠，究竟該怎麼揚帆出海才得以航行順利，盡覽浩瀚風光？

閱讀經典的障礙

許多朋友曾想嘗試閱讀經典，但不得要法，難以進入，失去耐心。一位聰慧伶俐的文青友人和我聊起經典文學，她告訴我：「參考過不少書單，我卻沒讀過多少經典欸！試了很多次，無感！」

我從身邊朋友身上，一再發現類似的感嘆。他們或許會依據名人推薦書單來閱讀，但隨即發現，除了不合口味，不明瞭作品意涵是最大障礙。以馬奎斯《百年孤寂》為例，對於剛接觸經典文學的讀者來說，容易迷失在複雜的人物家族史中；如果對中南美洲的歷史時空缺乏瞭解，的確不易掌握這魔幻寫實的小說型態；相較起來，馬奎斯《迷宮中的將軍》則更能引人入勝，得以一窺馬奎斯魔筆所創造的奇幻境地。

那麼，羅曼．羅蘭的《約翰．克利斯朵夫》呢？雖然這部以貝多芬生平為本所創作的長河小說，文筆流暢，主軸清晰，讀來暢快淋漓；但全書厚達兩千多頁，的確令人卻步。

好吧，那讀海明威總可以吧！譬如，從緬懷巴黎美好時光的《流動的饗宴》讀起。有本中文譯本圖片精采典雅，紙張觸感極佳，只是：「書中的每一句都了解，但是，我讀了幾次，怎麼都體會不了描述的情境？這本書好在哪裡？」我的文青朋友問。她的疑問是許多人的心聲！

這裡出現的問題在於——翻譯海明威是個艱難的挑戰。譯者的任務不只是傳遞主題故事，更必須呈現海明威精練的語句，克制修飾的形容詞彙，選擇有力的語句和反映特有的連接句型。然而，我們常看到的是華美辭藻所串起來的優雅敘述，以致讀起來有種隔靴搔癢的不明所以，或不得其門而入的徒呼負負。

翻譯本來就不是件簡單的任務，幸好海明威作品的翻譯難題，並不常出現在其他文學作品中。世界名著不限於英文，許多流傳千古、跨越種族藩籬的著作，不受語言翻譯的隔閡，依然得到世人的喜愛，即便是希臘荷馬和法國波特萊爾的詩作，經過各種語文翻譯後，少了韻腳和原味，但仍擄獲世人的心，所以讀者不必過於計較翻譯的傳真程度而對經典卻步。

閱讀階梯的重要

閱讀《流動的饗宴》還有一個非關語法和文本的挑戰。海明威在書中敘述許多大時代作家的浮光掠影，譬如：葛楚・史坦（Gertrude Stein）、史考特・費茲傑羅（Scott Fitzgerald）、艾茲拉・龐德（Ezra Pound）、福特・馬多克斯・福特（Ford Madox Ford）等人，如果不了解他們的風華背景，讀起來的確不易走入時代場景，產生感同身受的氣息！

那麼，我建議可先閱讀雪維爾・畢奇（Sylvia Beach）的《莎士比亞書店》，她所介紹的當代文人手采豐富有趣，讓人對一九二〇年代的巴黎神往不已；我也推薦讀讀葛楚·史坦的作品《花街二十七號》。葛楚·史坦是馬諦斯、畢卡索等畫家的重要推手；她從美國移居到巴黎，深受塞尚、畢卡索作品的影響，著手創作意識流小說，與喬伊斯（James Joyce）分庭抗禮，相互爭鋒。此外，她不但是海明威兒子的教母，更推了海明威一把，讓他從記者業餘寫作的身分，轉進專職寫作的道路。這些故事都收錄在《花街二十七號》，讀起來非常過癮。

有趣的是，海明威批評《花街二十七號》寫得不好，這可能與葛楚·史坦書中評論了他和其他同代人物的觀點有關。這也是海明威動筆寫《流動的饗宴》的原因之一，可以看出兩人較勁的意味。因此，我們可以這麼說，要領略《流動的饗宴》所描述的巴黎，最好先讀《莎士比亞書店》和《花街二十七號》，我們就更能融入那個時代，像伍迪艾倫電影《午夜巴黎》（Midnight in Paris, 2011）的男主角一樣，穿越時空，身歷其境，呼吸二十世紀初期巴黎的人文氣息。因此，循著閱讀階梯前進，了解時代的敘事背景和相關脈絡，至為重要。

寫到這裡，或許燃起你對閱讀經典的興趣。然而，前方還有不少障礙，讓讀者在閱讀之途中輟。其中最常碰到問題是：「經典文學沒有想像的精采啊？」

經典的誤判

先不談有些經典作品確實較艱澀難懂，但即便是文字量屬輕薄的歌德《少年維特的煩惱》，或題材親和的珍．奥斯汀《理性與感性》等為人熟知的名作，也讓不少人誤解，這不過是類純真年代的戀愛抒情故事，在快速變化的現代社會下，顯得文筆節奏緩慢，閱讀起來沉悶遲滯！

以《少年維特的煩惱》為例，它給人的刻板印象是少男不識愁滋味、為賦新辭強說愁的癡人囈語；但這本書的核心是在科學與理性至上的時代裡，批判權勢擁有者掌握主流的社會價值觀，抨擊階級利益者壟斷資源，壓迫個人獨立的存在；書中主角本著赤子之心，藉由荷馬、奥西安史詩和藝術，以恢復人的情感與認知，彰顯個人的獨特心性與存在。

由於這類作品的文筆流暢，以致多數讀者只注意到故事的表面脈絡，而忽略作者潛藏的核心議題，以及其代表的敘事主軸和哲學意涵。有文學帶路人的陪伴，或可掌握作品的精華與不容錯過的風景。

再者，歌德與珍．奧斯汀在作品中所展現的寫作技巧與鋪陳架構被嚴重忽略，結果就是多數人低估並誤判了經典作品的全貌。譬如，歌德運用日記體書寫自我剖白，以達孤獨自況的目的，使用誠摯的文字來描繪自然、藝術和詩歌所欲喚醒的僵化心靈；而珍．奧斯汀則首創「自由間接敘述」（Free Indirect Speech），讓小說人物除了自己說話，也藉由作者的聲音來表達，因此角色樣態鮮活；在發出感嘆，表達內心的紛雜思緒時，可以有寬廣的發揮。同時，作者可藉此和讀者產生親密的互動想像，拉出兩者對話的空間。這些屬於文本藝術性的分析，若有洞悉作者和文學手法的專人導讀，讀者就更能深入領略小說的手采。

放在一個更大的格局來看，《少年維特的煩惱》（一七七四）對於社會階級的分立，社會人心的冷漠以及以愛死諫所展現的激烈情懷，被視為法國大革命（一七八九）集體情緒的基因；而革命造成皇室與教士階級的覆滅，由民粹的「恐怖統治」接手，將兩、三萬個「反革命分子」送上斷頭臺，致使其他歐洲政權的戒慎恐懼，形成「反法聯盟」自保。因此，《理性與感性》（一八一一）所代表的教養小說，從未婚女孩徜徉於綠意盎然的鄉間生活登場，主角藉由「克制心性」的修持以獲得美好婚事，並使各方獲得幸福或報應，正是維護英國引以為傲的貴族與鄉紳體制，並用以對抗「毫無節制的浪漫」所滋生的民粹革命。因此，這兩本看似浪漫青春的小說，蘊含深層的思想動能，驅動無數人的心智，得以產生摧毀或復興體制後的力量。這是文學史觀的洞察。

閱讀經典必須有文學導覽人，帶你穿越時空、親臨作品現場，感受時代氛圍，理解作品文本的敘事、核心論述與藝術價值，領悟作品如何形塑或改變世代的影響力。

進入經典文學的世界

我寫這樣的一本書，要從單一文學類型出發，選擇跨時代、跨地域的經典書單，在繽紛多元的時代地域背景下，帶你穿越時空，造訪各個作家的小說現場；一面閱讀字裡行間的珠璣，一面介紹創作的時代背景、小說的文本類型；為你解構小說的敘事架構、角色設定、書寫語氣和寫作技巧；探索作家所欲凸顯的人生感知議題。這分書單呈現時代的脈絡，也具有閱讀階梯的前後關聯。我會針對這些經典小說做綜合歸納和分析比對，羅列這些精采作品的特色，分述它們在文學世界的地位與影響，闡釋它們對於社會思潮產生的衝擊與反思。

在這本書，我挑選對話的作家是歌德、赫曼．赫塞和村上春樹。歌德集詩人、小說家、政治家和自然學家於一身，年輕時在理性時代轟出驚天雷響，引發狂飆突進運動的風潮；之後，他受邀赴威瑪公國任職，轉型追求古典主義，追求優美、均衡和永恆的價值，是現代德國文學的開創者。赫曼．赫塞是諾貝爾文學獎得主，出身神學世家，卻有孤獨反叛的靈魂；他的小說不斷重返青春，踏上流浪之路以尋找自我，被視為嬉皮運動的精神導師。而村上春樹則是最受世人喜愛的日本戰後作家。我所選擇的兩部作品充滿村上春樹個人成長色彩。雖然小說的設定是日本人物與場景，但是他的寫作風格卻有西方文明的精神，在融合的筆觸下，折射出日本後現代社會下的奇幻異象。

在世界文壇上，這三位作家的成長小說與傳記具有燈塔般的指標意義。他們的撰述語意誠懇，充滿濃厚的自身色彩，真實的探索靈魂深處的聲音，交織虛構的創意想像，而成為值得一讀再讀的佳作。他們的作品反映十八到二十一世紀的時代背景，從理性時代、狂飆突進運動、浪漫主義、古典、現代到後現代；從西方跨越到東方。在青春成長的題材上，我們得以進入風起雲湧的大時代，爬梳作家各自的心路歷程，窺探他們如何以手中的筆，展現青春的苦澀與繽紛的樣貌。

選擇成長小說，是因為我們對於自己的青春都有一分永遠的情懷，那是我們尚未完全被世界教導、磨練、馴服之前，滿懷憧憬的自己；那是感性重於理性，熱情勝過世故的時期；是我們看得見一草一木一世界，感受得到晨風夜露、天體運行的自己。

這是我邀請你閱讀世界經典文學的起點，在本書的終卷，我提供一份世界經典文學的書單，期望你開啟文學之海的壯遊，打開新的人生篇章。

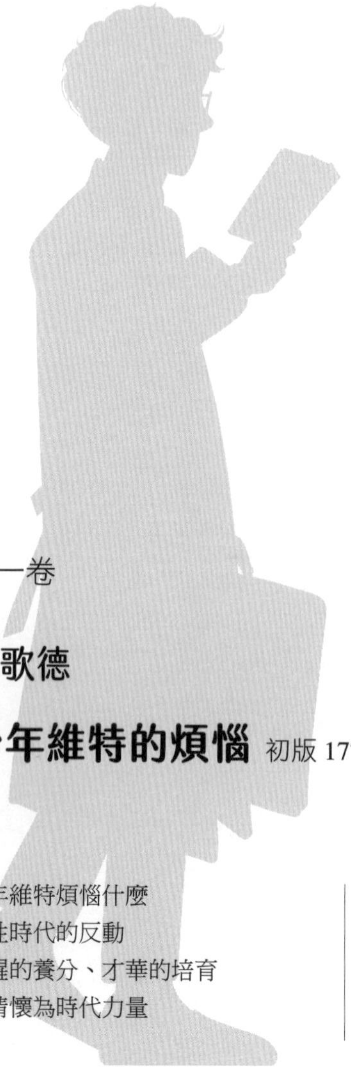

第一卷

#歌德

少年維特的煩惱 初版 1774

少年維特煩惱什麼
理性時代的反動
覺醒的養分、才華的培育
化情懷為時代力量

文本類型與作者密碼
恢復生命的熱情
後狂飆突進時代

少年維特煩惱什麼

為什麼我以《少年維特的煩惱》作為本書的起點，進入西方文學的入口？因為維特的煩惱，至今依然是現代社會的核心議題。西方自理性時代以來，人們開始意識到必須以獨特心靈來對抗既得利益者的結構，彰顯多元存在，這樣的呼聲從未間斷。維特的煩惱，是作為一個現代人必須終身省思的議題；亦即，我們處於日益強大的工具理性、科技力支配的時代，如何恢復人性，是你我必須謹記於心的覺醒；更是多數從事文學、藝術創作者所共同承擔的十字架，窮盡畢生之力找回救贖的可能。如果你能體認維特的煩惱所在，也就找到打開西方文學大門的第一把鑰匙。

這「人性化」的呼聲，不斷被「現代化」的社會巨輪所碾壓——從維特手寫書信的十八世紀，到電影《電子情書》（You've Got Mail）中以鍵盤敲打郵件的二十世紀末，景況不曾改變。我們來看電影中的一段對話，就知道維特和凱薩琳共同的切身煩惱。

電影的男主角喬（湯姆・漢克斯飾）是一家大型連鎖書店的經營者，他在紐約一處舊社區開設分店，逼得區內的獨立書店和咖啡館經營不下去，而凱薩琳（梅格・萊恩飾）正是面臨倒閉的獨立書店經營者。某天，喬前往探視生病在家的凱薩琳，他試著委婉撇清自己對獨立書店的傷害，解釋店鋪的開門關門是理性商業運作的結果，是對事不對人的。

喬：　那無關乎個人！

It wasn't... personal.

凱薩琳：你那句話是什麼意思？真令人噁心！意思是跟你無關？但是那明明是跟我有關，也跟很多人有關啊！說說看，承認跟人有關會怎樣？

What is that supposed to mean? I am so sick of that. All that means is that it wasn't personal to you. But it was personal to me. It's *personal* to a lot of people. And what's so wrong with being personal, anyway?

喬：　　呃……不會怎麼樣。

Uh, nothing.

凱薩琳：無論任何事，一開始就跟人有關。

Whatever else anything is, it ought to begin by being personal.

凱薩琳面臨環境結構變遷而壓迫個體的存在，以至承受必要的犧牲來換得大我的「進步福祉」，並非現代社會才有的現象。從兩、三百年前起，它便以不同的面貌和形式，不斷出現。譬如，工業革命與大量生產取代手作勞力，強化資本階級與勞動階級的差異。接下來的資訊科技，不但進一步淘汰人力，人在毫無隱蔽的連線狀態下，使受雇者淪為責任制的羔羊。而近來震天價響的人工智慧和大數據，更擴大操控者與受制約者的鴻溝、對立與不信任。容我用個驚悚的詞來形容這股勢不可擋的趨勢，那就是以理性主義為基礎的去人性化（dehumanization）運動。

這股去人性化的運動，在年輕歌德所處的十八世紀已儼然成型。理性是時代大趨勢，教會的力量逐漸衰落，但比教會歷史更淵遠流長的階級制度仍屹立不搖；就像電影《電子情書》裡的大型連鎖企業，以理性為工具，為權勢者和既得利益者掃蕩障礙，擄獲更豐沛的資源，近一步鞏固其優勢地位。因此，才受啟蒙，期待能夠掌握自己命運的年輕人，轉身卻發現仍受到階級的壓抑，開始對去人性化的理性主義發出激烈的抗議，透過《少年維特的煩惱》產生驚天一吼的時代吶喊。

理性時代的反動

這本書的影響力究竟有多大？

《少年維特的煩惱》在一七七四年出版以後，迅即出現各種譯本，流通歐洲各地，二十五歲的歌德成為名滿全歐的天才作家。薩克森．威瑪．艾森納赫公國親王因此特別拜訪，延攬歌德入閣，從此邁入政治生涯。由於這本書訴諸豐沛情懷的感傷主義（sentimentalism），在當代非常罕見，引起極大的熱議。有人開始仿效小說人物的穿著和言行，因而被冠上「維特效應」（Werther effect）的別名；更有衛道人士抨擊此書引發年輕人相繼自殺的風潮，成為社會心理學「自殺仿效」（copycat suicide）名詞的首例。

《少年維特的煩惱》掀起的熱潮歷久不衰，讀者群分布之廣也超乎想像，這讓我想起一個有趣的對比。古希臘時代的亞歷山大大帝，他外出征戰時所攜帶的書，是老師亞里斯多德寫滿註記的荷馬史詩《伊利亞特》（注1），藉以砥礪自我成為史詩中的英雄。而在兩千一百多年後，將亞歷山大視為典範的拿破崙，在遠征埃及時，除了徵召一百六十七位學者隨行，重啟歐洲對於埃及學的研究熱潮以外，他攜帶的隨行讀物居然有《少年維特的煩惱》。為什麼呢？因為拿破崙戰爭之始，便是打著法國大革命「自由、平等、博愛」的旗號，向國內的保皇派和歐洲世襲的宮廷發出革命的呼聲，這和歌德書中維特激烈的訴求吻合。在拿破崙消滅了神聖羅馬帝國，召見諸侯時，拿破崙特地邀見歌德，交換對作品的看法。當時，此書已問世三十多年，由此可見小說驚人的影響力。

《少年維特的煩惱》取材自歌德本人的遭遇。在進入文本分析以前，我們先宏觀鳥瞰歌德所處的時空背景，從而理解他何以點燃歐洲青年的熾烈情感。

歐洲在歷經漫長的中世紀，經過文藝復興的洗禮之後，人們逐漸在嚴苛的信仰範疇和紀律中，走向自我的探索與追求。接下來的十七、十八世紀，歐洲人延續人本主義的思想，竭盡人的智識與能力，探索宇宙與自然的奧祕，促進科學的快速發展。

以牛頓發現的萬有引力定律來說，它不只解釋了月球繞行地球，地球繞行太陽的原理，甚至推及到銀河系以及整個宇宙星系的天體運行。牛頓對自然科學的研究遠不止於此，其他廣為人知的成就，像是物體的運動定律，對光的研究等等，大大開拓人類對於世界的認識與理解。這些理論對於現在多數人是一種常識，但是在當時，人們普遍相信世界是上帝創造和干涉的，其複雜難解的奧祕，是人試圖揣測上帝的心意但卻無法拆解探求的；而牛頓的發現讓人們意識到，這是一個可以用理性的探索和普遍

注1：荷馬（Homer, 7th - 6th century BC）古希臘詩人，有兩部巨著流傳於世：《伊利亞特》（Iliad），以阿基里斯（Archilles）為主角，敘述特洛伊戰爭的故事。《奧德賽》（Odyssey）則是特洛伊戰爭後，希臘英雄奧德修斯（Odysseus）返航回家的流離歷程。

原理（牛頓發明微積分來驗證質量、距離與力量的關係）來理解的世界。

這些透過科學發現的原理，促使人們渴望獲取更深入的知識，發現更多真理，同時也激勵人們提升自我，以理性力量完善對周遭環境的認知。這雖還不到信仰已死的程度——牛頓仍認為上帝是造物者，但科學的進步，弱化了教會掌握解釋世間運作的權柄。一般人可以透過理性的發展，重新認識這個世界，他們有了新的宇宙觀，進而帶動科學、政治、物質文明的進步。

如果用一兩句話來形容牛頓的科學革命對於人類理性發展的重大影響，那就是：「人類透過認識真理的能力，架構對於世界的理解。」這是啟蒙運動（Enlightenment，或稱「理性時代」）的內涵。對應於過去以信仰為人生的依歸，那麼新的時代則是：「人類的精神不靠信仰的光亮幫助而能夠自然達到一系列真理。」（注2）

理性時代的展開

於是，大學的科學研究，由當時唯一的學術機構——神學院分離出來，獨立成為各個學科的科學院所。許多地方開始進行知識的分類和蒐集，設立大型的圖書館，人們對《百科全書》所涵蓋的無盡知識有極高的興趣。

除了延續以科學方法來發現世界運作的原理以外，理性時代風頭最健的幾位大師，幾乎都是卓然有成的數學家，對於代數、幾何和物理有極深的研究。他們對後代影響最深的，無非是以科學的方法，導入思考推理的哲學基礎，讓「理性思考」成為三、四百年來，現代化社會獨尊的思考顯學。長期在外商或大企業工作的讀者，必定對笛卡爾（注3）著名的思考推理原則感到心有戚戚焉：

注2：摘自德尼．狄德羅（Denis Diderot，1713–1784）對理性時代的注解。德尼．狄德羅是法國啟蒙運動思想家。他所主編的《百科全書》是歷史上第一部涵蓋科學、藝術的綜合性百科全書。其出版目標是「改變人們的思維方式」，公認為啟蒙運動的巔峰作品之一。

注3：笛卡爾（René Descartes，1596 - 1650），法國哲學家、數學家。公認為理性主義的奠基者。

絕不承認任何事物為真，對於我完全不懷疑的事物才視為真理。

必須將每個問題分成若干個簡單的部分來處理。

思想必須從簡單到複雜，

時常進行徹底的檢查，確保沒有遺漏任何東西。

以我個人在國際企業的長年經驗，這四句話大致總結了西方企業經理人根深柢固的邏輯思維。在這強勢而有效率的思維背後，理性至上，感性沒有立錐之地。這對科學與物質文明的進展或許能見到快速的改變，但對於人性尊重與多元存在，卻可能成為斲傷的正當理由。

理性時代的反省

年輕人在理性時代中擷取前所未有的新知識，認為憑藉自身努力就能迎向未來。然而進入社會以後，碰上封建和階級制度的強固結構時，卻屢屢敗下陣來。他們開始對於震天價響的理性主義心生懷疑，因為理性發展儼然成為既得利益者光明正大的價值光環。在科學觀的基礎下，個人的心靈需求和獨特性顯得蒼白無力，在理性與科學的主流價值下，擁有權勢者所制訂的倫理、道德、價值和法律等加諸在所有人身上的普世主義（Universalism），就更加壓抑主觀的存在。於是有自覺的年輕人，開始對此感到不滿，對理性主義產生反動的心態。

讀到這裡，你是否覺得歷史不斷重演，只是以不同的面貌出現？這好比我們在許多科幻片看過人類抵抗自己所發明的智慧機器人一樣，我們是否有能力駕馭自身開創的理性主義？我們是否能夠扭轉這業已根深柢固、結構性的去人性化運動，恢復人性的自覺，找尋更高的理想？

覺醒的養分、才華的培育

二十五歲的歌德寫了《少年維特的煩惱》，吹起對抗理性時代的號角。在這一篇，我要爬梳歌德自幼才華培育的歷程，了解他成長時期所建立的視野與格局，了解一個獨立個體如何能夠升高到與時代對話的層次，進而產生巨大的能量。或許絕大多數讀者已過成長時期，或者稱羨歌德獨特的天分與機遇。但是，社會生生不息，我們依然可以為下一代盡些力量。此外，我想對青壯年的讀者說：從無數的例子可以印證，才華可以培養，機遇可以掌握，而成就只有自己的格局可以限制。

歌德（注4）出身於中產階級的家庭，父親在議會服務，母親是法蘭克福市長的女兒。歌德是家中長子，誕生於神聖羅馬帝國直轄的法蘭克福。

在父親堅持下，十七歲的歌德進入萊比錫大學學習法律。萊比錫是啟蒙運動的發源地之一。與笛卡爾、史賓諾莎（注5）並列為十七世紀三大理性主義哲學家的萊布尼茲（注6），就在萊比錫大學成長、就學。歌德也在此接受理性主義的洗禮。不過，他的生命似乎注定與理性主義的風土不合，就讀後因一場大病而中斷學業，回到家中休養。近兩年後，二十歲的歌德轉赴法國阿爾薩斯的史特拉斯堡大學就讀，成為青年時期的重大轉折。

在史特拉斯堡期間，歌德遇見了知識淵博、才華洋溢的赫爾德（注7），是他人生中最重要的曼托爾（注8），帶給他對抗理性時代所需具備的養分：文學與美學——而

注4：歌德全名：約翰．沃夫岡．馮．歌德（Johann Wolfgang von Goethe，1749-1832）。

注5：史賓諾沙（Baruch Spinoza, 1632-1677），賽法迪猶太人，荷蘭理性主義哲學家。他考察宗教的起源，以理性主義的思維，批判《聖經》的歷史，建立早期的無神論。

注6：萊布尼茲（Gottfried Wilhelm Leibniz，1646-1716），德意志理性主義的代表。他具有多方面才華，先以律師為業，卻在哲學和數學領域成為天才大師，著作更擴及到物理、生物、地質、心理學、語言學，被譽為十七世紀的亞里斯多德。萊布尼茲和牛頓不約而同的發明了微積分。

注7：約翰．戈特弗里德．赫爾德（Johann Gottfried Herder，1744 - 1803），德意志哲學家、神學家、詩人和文學評論家。代表作《論語言的起源》（Treatise on the Origin of Language, 1772）。

注8：曼托爾（Mentor）出自荷馬史詩《奧德賽》的人物。他是奧德修斯的好友，雅典娜曾化身以他的形象出現，鼓勵並陪伴奧德修斯之子——青年帖列馬科斯出外航行，尋找失蹤父親的長者。曼托爾的名字自此逐漸變成良師益友的代名詞。

這依然是二十一世紀的今天，我們亟力恢復人性所需要的關鍵素養。

當時赫爾德從拉脫維亞的學校離職，來到法國旅行，雖然才二十五、六歲，但他的哲學、文學評論、語言學和美學研究等相關著述，已在藝文圈嶄露頭角。歌德對他極為仰慕，積極把握機會與赫爾德交往。

歌德自小就能即興作詩、熱愛文學、喜愛畫畫、熱愛聖經，甚至因此研習聖經原文——希伯來語和希臘語——以探求精義。然而，赫爾德在這些領域更是有過之而無不及，讓歌德極為折服。

史特拉斯堡時期，在赫爾德的影響下，歌德確立了人文思考的方向，讓他強化反理性主義的裝備，醞釀《少年維特的煩惱》的爆發力。

首先是語言的重新認識與定位

赫爾德認為，語言的使用若只以理性為基礎，缺乏誠懇的心靈溝通，就會成為被欲望支配的詭辯工具。他因此對於語言的定位有別於常人的省思與洞見。

在代表作《論語言的起源》一書中，赫爾德認為語言是知性的自然器官、心靈的感官，用來與人的靈魂溝通。這個器官像眼睛、耳朵或感覺一樣，不是只有看得清楚，聽得見或敏銳的觸覺等基本功能反應，也要能閱讀文學、哲學、藝術，聆賞音樂與自然聲響，靈敏的感受質地與溫度。如果人不和自己的靈魂對話，或與其他人的心靈溝通，透過語言形成思想，就無法追溯初衷，難以形塑與提升自我，無法進行深刻的反思與論證。

這個觀念看似不難，但要實行起來意味著根本的反省和徹底的改變。我長期從事行銷專業和企業經營，深知溝通的重要性——無論是對組織內部或對消費者，都受過無數的國內外訓練。但是當我離開機構，從零開始從事跨國探險活動，需要組織國際團隊、進行高額募款、外交斡旋、克服各種前所未見的挑戰，我很快了解到自己必須丟掉「專業的溝通簡報技巧」，不留一絲商業氣息。原因在於我溝通的內容是攜手長征的理想，是一件一輩子引以為傲的豪情壯志；我溝通的對象是贊助者、捐款人、準備拋家棄子進行半年長征的團隊成員，他們不是花錢消費換得享受或便利的消費者，我必須赤忱以對，看著他們的眼睛，邀請他們進行心靈的對話。相同的，我目前從事文學與藝術的教育工作，致力於提升這塊土地的美學素養，更需要從心做起。誠懇的語言、真摯的情感和溫度，都是溝通必備的要素。

歌德也明白語言的定位。《少年維特的煩惱》採用書信體小說的形式，最能傳達誠懇的語意。信中言詞充滿情感，渴望靈魂的溝通與探索，在在體現語言（文學）是心靈溝通的載體，而非理性論述的工具，因此能夠令人無需防備的吸收閱讀，領略其欲傳遞的理念與情感。

其次是對詩的認識

歌德從小就愛詩，朋友常央他即興作詩，歌德能毫不費力像展現特異功能一樣出口成詩，令人嘖嘖稱奇。他在萊比錫時開始接觸莎士比亞的詩選，之後更閱讀德意志詩人韋蘭德（注9）將二十二部莎士比亞戲劇翻譯成的散文作品。這讓歌德理解到，年少時期對於韻腳的嬉戲玩弄，是蹧蹋了詩歌所必須具備的內涵深義。歌德從莎士比亞的散文譯本發現，即便少了原來的律動與韻腳，其純粹的內容、意涵仍能直指人心，傳達詩人偉大的想像與情操。直到今天，許多讀者仍對詩的翻譯作品保持距離，原因可能是沒有受過賞析的訓練，更多的是認為翻譯不可能反映原語文的韻腳和詞句，這是對詩的一大誤解，以為詩只是美麗詞藻與韻腳的組合。

赫爾德進一步帶領歌德認識詩。他主張詩是語言的最高形式，其語體形式精練，富有直覺、情感和時代精神。他認為，詩人是一個民族概念的建立者，詩人的作品讓周遭的人找到可以歸屬的靈魂國度。對赫爾德來說，在偉大的民族文化形成以前，必先有純粹而偉大的詩歌，也就是我們所知的史詩。譬如，《舊約聖經》之於希伯來人，荷馬史詩之於古希臘人。

注9：克里斯多夫．馬丁．韋蘭德（Christoph Martin Wieland，1733-1813），德意志詩人，文學評論家。韋蘭德是威瑪公爵的家庭老師，後來歌德、赫爾德、席勒也陸續獲邀來到威瑪，共同開創史上燦爛的威瑪古典時期。

史詩是民族情感與氣質的集體表達，貫穿了歷史，也傳達了民族的靈魂。閱讀史詩，就像和那個時代的民族靈魂對話。因此，要研究某種語言的精髓，最好的方法莫過於讀詩，尤其是古詩。

歌德畢業後，回到法蘭克福，便在自己的出生地舉辦德國第一個「莎士比亞日」。在《少年維特的煩惱》中，歌德一再引用荷馬和奧西安（注10）的史詩，抒發維特的情懷與處境，意在引誘讀者領略詩的美好。

強化歌德對於信仰的認識

歌德自小就研讀《聖經》，且有超乎一般人的熱情。他不但以德文、拉丁文和英文熟讀整本《聖經》，也在教會主日查經班研習希臘文，以求精進《新約聖經》的原文（注11）意涵。歌德對於《聖經》的熱誠延伸到自己的創作。譬如，他以《聖經》為本，創作相關散文詩和敘事詩，他也就部分《聖經》人物故事，補充擴大為更完整的版本。

此外，歌德覺得教會的聖詩過於沉悶，將之改寫為活潑有趣的詩詞，印刷成冊，頗受親友的歡迎。

歌德認為，要了解《新約聖經》必須要熟稔《舊約聖經》。他主動要求父親讓他學習希伯來文，以便深入《舊約聖經》的原文（注12）精義。於是在進大學前，父親為他安排校長親自教授，時間長達三年。

然而，在科學革命和理性時代下，《聖經》的地位日益式微，許多經文內容不僅

注10：奧西安（Ossian，或譯莪相）是英國詩人詹姆斯．麥佛森（James Macpherson，1736 - 1796）所發現的愛爾蘭蓋爾語口傳詩歌作者。奧西安的作品陸續由詹姆斯．麥佛森翻譯為英文（1760-1765）。從詩中的故事，可粗略推估奧西安為三世紀詩人，但缺乏歷史文件佐證。

注11：耶穌傳道使用的主要語言是拿撒勒與加利利海地區的日常用語亞蘭語（Aramaic），其次是希臘語和希伯來語。而耶穌使徒所寫的《新約聖經》多以當時最普遍的書寫文字——希臘文——寫成。

注12：《舊約聖經》的編撰是經過幾個世紀的累積。其中《摩西五經》和部分希伯來歷史的經文約在西元前六世紀就已呈現今天的版本，其他部分則陸續到西元前一世紀收錄。《舊約聖經》的來源是《希伯來聖經》，以希伯來文寫成。

被認為古老、不合時宜，甚至受到許多理性主義大師，從歷史考證與邏輯推演的觀點，提出根本性的質疑，《聖經》與基督信仰逐漸淪為過時的宗教。

赫爾德具有牧師身分，對神學的研究很有見地，兩人在史特拉斯堡必然會討論到這個議題。

歌德認為對基督的信仰終究是信與不信的問題。人不能明白上帝的心意是理所當然，而科學革命帶來的是從懵懂走向發現的過程，無法否定神的存在。至於所謂的不合時宜，許多是針對《舊約聖經》有關時代的陋習和耶和華的嚴厲處罰。赫爾德認為上帝是全知的，但他不可能用自己（神）的語言和思想和人類溝通。尤其當時希伯來人民風剽悍，生活型態原始。因此，神必須遷就當下文明的狀態，依據當時的風俗、氣質和行為模式，試圖用人的語言來溝通。因此在批判聖經內容的同時，必須要對時空、歷史、語言有正確的了解。

對基督徒而言，《聖經》是神的話語，但對於一般人而言，我們仍可視之為希伯來史詩（舊約）和耶穌寓言故事（新約）。從這個脈絡來看，《聖經》的精神在於教導人應謙卑，幫助需要的人，秉持赤子之心，擁抱生命與自然，尊重每個獨立生命的存在，愛的重要性高於一切等等，這些是《聖經》的教導，也正好凸顯科學革命和理性主義的缺失。我相信歌德在此找到對抗強悍階級制度的道德高度與信仰力量。

歌德在史特拉斯堡的經歷，尤其是與赫爾德的交往，讓他對於文學、詩歌、哲學和信仰的認識，提升到與時代對話的位置，意識到新的運動即將開始。這是歌德書寫《少年維特的煩惱》的背景與論述主題，也是歌德用以對抗理性時代的養分與裝備。

化情懷為時代力量

「哪個少年不鍾情，哪個少女不懷春？」歌德對於情愛追求的悲傷，是如何轉化為改變時代的力量？

歌德書寫《少年維特的煩惱》的背景，從他自史特拉斯堡大學畢業，取得律師執業學位說起。他畢業返回法蘭克福後，和一個牧師女兒有過短暫青澀的戀情。隔年，他赴威茲拉爾（注13）高等法院實習。在那裡，他一面寫詩抒發心境，一面醞釀寫小說，內容是藉由對四季花草樹木的感受，從而領略生命與大自然合體的奧祕。此時，二十三歲的歌德，認識了一位騎士團事務官的女兒——十九歲的夏綠蒂（Charlotte Buff）。她是《少年維特的煩惱》女主角的原型，名字也相同。

夏綠蒂在四年前訂了婚約，對象是律師凱斯納（Johann Kestner）。這對未婚情侶，毫不掩飾彼此的愛意，也樂於接納彼此友人的情誼。即便情勢如此清朗，歌德仍忍不住愛上她，陷入難以自拔的境地。在夏綠蒂婚期將近之際，他見了對方最後一面，隨即不辭而別。

回到法蘭克福，歌德鬱鬱不樂，深深為自殺的念頭所困，只能藉由寫詩來排遣痛苦，拯救自己。歌德在自傳中透露：

> 我蒐集頗為不少的武器，其中有一把銳利的美妙匕首。我經常把它放在牀邊。每當熄燈前，我用它銳利的刀口試二三吋，看看是否能夠順利刺進胸中。但是總覺得不能成功。終於我對自己嘲笑，下定決心把一切心病的愚行拋諸九霄雲外，好好活下去。但是，為了快活的活下去，我必須執行詩人的任務。易言之，我必須說出有關這重大問題的所感、所思、所妄想的一切。（注14）

注13：威茲拉爾（Wetzlar）位於法蘭克福北方七十公里處，是神聖羅馬帝國最高法院所在地。

注14：趙震（譯）《歌德自傳》，志文出版社，頁266，〈十三、少年維特的煩惱〉。

無獨有偶，歌德的朋友也有類似的遭遇。在威茲拉爾期間，歌德遇見萊比錫大學的校友，在外國使館任職祕書的耶路撒倫（Karl Jerusalem）。他倆交際圈多有重疊，也和凱斯納、夏綠蒂熟識。

使館來往的人際圈，凸顯了耶路撒倫出身中產階級的尷尬。他愛上了一位有婚約的女伯爵，情節幾乎和歌德如出一轍。這個單戀沒有結果，最終竟借來凱斯納的手槍自殺。

當這不幸的消息傳來，歌德的情緒激動，他遂決定結合耶路撒倫和自己的遭遇來架構《少年維特的煩惱》，作為自我的告解，冀望脫離痛苦的泥淖。

作品格局

在進入歌德如何化悲傷為時代呼聲之前，我例舉個人書寫經驗來呼應作家應有的高度。

回顧我書寫《擁抱絲路：斯人、斯土與征途》，起因之一是為了記錄一段人類史無前例的馬拉松長征。除了事前的籌備之外，在漫漫長征路途中，資源從未充足的條件下，我們一路上面對天候、地形、體能、安全、政治、外交和多國籍團隊必須充分溝通合作的挑戰下，如何以一百五十天，完成一萬公里的徒步長跑。但我從一開始就排除這是一本傳統的英雄長征血淚史。一方面，我深刻體認一項壯舉的完成，是許多跨國的無名英雄在背後協助和支持；另一方面，我認真的反思這項長征在人類探索史的意義，我必須運用我的筆，完整給讀者一個交代，讓大家知道這不是一場好大喜功的的煙火光彩，而是一個孕育新思想，新時代的起點。

就人類的長征史來看，為了生存而遷徙的長征，是第一階段的探索。譬如波里尼西亞的祖先從臺灣出發，為了生存航行各地，終至遍布太平洋島嶼的南島民族海上冒險。接著，是殖民和地理大發現。其後，是達爾文的冒險與科學的探索，至今仍方興未艾。在這過程中，我們卻發現，這樣的探索伴隨著環境的破壞，無止境的經濟發展造成地球的反撲。同時，雖然經濟與資訊的快速發展，卻沒能讓我們對不同民族、宗教和生活方式有更多的理解與尊重，我們依然日復一日在分工極細或定義清楚的領域裡，繼續我們習慣的生活。因此，我將《擁抱絲路：斯人、斯土與征途》定位為從臺灣出發，途經歐亞通道的文明探索歷程，將沿路遇見的異鄉人，折射為歷史文明的景深，展現波瀾壯闊的民族對話，讓那些曾經協助、關心或與我們擦肩而過的人，明白自己參與了一項特別的任務，也鼓勵他們開啟屬於自己的探索。這不是一種書寫策略，而是作者如何看待從事志業的高度。

歌德明白作品格局必須超脫情愛與情緒的局限，從文學與時代的至高點思考寫作的定位。

動筆前，歌德先行閉關，決定書的內容不和自己寫過的題材重複，以確保作品的原創性。他集中意念於這本書所要涵蓋的思想與論述，排除不相干的素材，以求概念的清晰與流暢。他仔細思索自己的成長歷程，特別是在史特拉斯堡所培育的思想養分與裝備，轉化成小說強而有力的觀點，但對小說主角的浪漫個性與偏激行為不作美化的修飾，也不進行道德的批判。歌德期待人們能從小說人物的純粹描述得到啟發與警醒。在閉關期間，他不做草稿，一旦架構準備完成，就一氣呵成的寫，一共只花了四個星期就完成。

歌德這種寫作方式，是當代反理性主義菁英引以為傲的創作特徵，就是在厚實的基礎下，藉由天分的引導與發揮，創作獨樹一格、自然流暢的作品。

《少年維特的煩惱》出版後，在歐洲各地青年心中燃起火種，乾枯的薪柴瞬間引起狂烈火勢，著名的「狂飆突進運動」就此展開。運動的名稱是在《少年維特的煩惱》出版兩年後，從歌德好友克林格推出的戲劇《狂飆與突進》（注15）而來。

《狂飆與突進》的主題與《少年維特的煩惱》相當接近，敘述年輕人對於封建和

注15：費德里希・克林格（Friedrich Maximilian von Klinger, 1752 – 1831），德意志劇作家和小說家。劇作《狂飆與突進》（德：Sturm und Drang / 英：Storm and Drive）是 1776 年的作品。

階級制度的不滿，並以激烈的情感，表達在理性包裝的體制下，個人獨立的存在受到無情的壓迫。這可說是為歌德所掀起的燎原野火添加火勢，也為這場運動賦予鮮明的象徵意義。

文本類型與作者密碼

書信體小說

《少年維特的煩惱》是書信體小說。書信體文學自文藝復興時期就已出現，最初以書信為架構，夾雜著文集和詩歌，漸漸發展成長篇小說的一個類別，自十八世紀起流行開來，主題多與浪漫抒情有關。

書信體與自傳體小說類似，以第一人稱口吻敘述，給人情真意切的感受。然而，自傳體通常以回憶方式書寫，站在時空情節的高度展開故事，復以後事之師的口吻結尾。儘管過程充滿曲折挑戰，但讀者必然預期度過難關的結局。不過，《少年維特的煩惱》主角維特最後以手槍輕生，因此不可能使用自傳體。

書信體小說與日記接近，但比日記有結構感。我的意思是，書信有對象，必須把主題脈絡做清楚的陳述。但若要日記做到完整的陳述卻又必須是沒有對象的書寫，恐會陷入不斷的自我叨絮。而且，坊間所見的名人日記，內容少有日常生活點滴，敘事總有見地，段落結構完整，可以想見作者早有公諸於世的意圖，讀者對於這種作品的信賴感也會大打折扣。

書信體小說隨著一封封信往前推移，帶領讀者進入不同的時空、現場和情緒。書信的形式給人連載的寫實感，讓讀者像看連續劇般的追著劇情往下看。特別的是，歌德雖採用書信的形式，但只看到主角維特寫出去的信，而沒有來信。我認為，歌德這麼做的主要用意，是讓主角毫無保留的抒發個人情感，同時也彰顯由內而外的孤獨。他的孤獨包括一段不會有結果的單戀，受挫於階級制度的身分，以及對抗世俗理性主義的形單影隻。最終，面對與自身格格不入的一切，他必須往靈魂的深處尋求對話，並透過書信表白。我相信，這是歌德選擇書信體作為小說形式的深層考慮，而《少年維特的煩惱》也成為德意志書信體小說的先驅。

開頭段落

如果你買唱片，一定會知道第一首曲子在專輯所代表的意義。文字作品也是。讓我們來讀《少年維特的煩惱》的開頭段落——

我終於離開你而到此地來，我覺得多麼高興啊！好友，人心是多麼難解呀！我那麼愛你，我和你是這般的難分難捨，竟會因離開你，反而覺得高興！我知道你會寬恕我的。我的其他人事關係，可不正是命運為了要撥弄我這樣的人而採擇了的嗎？（注16）

不知道你是否意識到歌德寫的開頭充滿了心機與安排？在揭曉答案之前，我先聊聊作家如何看待書的開頭段落。

注16：周學普（譯）（1975）《少年維特的煩惱》，志文出版社。頁19，〈第一部〉。

我身為作者也是讀者，深知在下手買書前，總會先試讀幾頁。帶點警戒心、懷疑的態度和評審的角度，快速瀏覽作品的開頭，想知道作者的文筆、敘述的口吻、故事的主題和輪廓，也想知道這本書是否有趣，是否值得投資時間，是否會讓人情不自禁讀下去？

因此書的開頭段落，是我寫書時花最多時間琢磨的所在。我必須讓讀者在第一頁就能領略作品的主題，掌握文字風格和敘事角度，感受全書的靈魂，在書海中找到知音。

我的藝術史著作《繁星巨浪》，是一本介紹西洋藝術——從卡拉瓦喬到畢卡索——現代繪畫史的書，全書逾三十萬字。在寫書的過程中，我的腦海不斷和想像中的讀者對話：

「這不是充滿術語的教科書，而是像讀小說般自然而然的賞析藝術。」

「引領讀者進入歷史現場，感受畫家時代的氣息。」

然而，

「讀一本重達兩公斤的書是個挑戰。」

「很多人對卡拉瓦喬相當陌生。」

卡拉瓦喬正是第一卷的主角，也是我花最多時間琢磨的章節。

我選擇卡拉瓦喬的本名（注17）作為首節標題：「不一樣的米開朗基羅」來引起讀者定睛。接著，在開頭段落便清楚定錨卡拉瓦喬在藝術史上的地位。

「卡拉瓦喬的作品標誌著現代藝術的開始。」現代藝術史學家安德烈·貝恩-若夫魯瓦（**André -Jeffroy**）如此讚譽卡拉瓦喬。

注17：卡拉瓦喬本名為米開朗基羅·梅里西·卡拉瓦喬（Michelangelo Merisi da Caravaggio，1571- 1610），義大利畫家，巴洛克畫派的開創者。

從這裡，我帶領讀者進入羅馬的歷史現場——

漫步於羅馬街頭，「卡拉瓦喬」無所不在。

從古城中心區，沿著散落的石柱、拱門、牆墟，拾階而上，來到山丘上的卡皮托里諾（Capitolino）博物館。接著信步往北，駐足多莉亞·龐菲理宮（Palazzo Doria Pamphilj）美術館。之後，隨著如潮水般的遊人往西移動，行經矗立一千九百年，讓天光不斷的從穹蒼射進圓頂天井的萬神殿。前方不遠處，在眾神躍起、氣吞四河噴泉的納弗那廣場（Piazza Navona）的角落，為法國人擁有的法蘭西·聖路易教堂（San Luigi dei Francesi）。抑或，搭車往北，抵達人民廣場的聖母堂（Santa Maria del Popolo）。在這些名勝地標的入口處，全都飄揚著印有卡拉瓦喬字樣的旗幟，吸引觀光客入場參觀。

最後，預示卡拉瓦喬詭譎曲折的一生。

然而，就卡拉瓦喬在畫壇嶄露頭角，造成一股旋風之時，他也在這些地方留下惡名昭彰、逞兇鬥狠的事蹟。因為死亡的威脅如影隨行，後來不得不流亡千里。卻也因此，義大利南北全境都保有卡拉瓦喬留下來的珍貴畫作。

因為他如鬼魅般的召喚，故事的序幕得以揭開。

如此經營長篇的開頭段落，並不是近三個世紀才有的現象。我們可以回溯西方文學的肇始，西元前八世紀的荷馬史詩。

荷馬史詩《伊利亞特》（注18）是描寫希臘聯軍攻打特洛伊城的戰爭故事。特洛伊戰爭蔓延十年，但全書主要篇幅集中於戰爭最後的幾個星期，希臘英雄阿基里斯

注18：伊利亞特（Iliad）的字義是伊利昂城（希臘：Ilion／拉丁：Illum）的故事。伊利昂是特洛伊（Troy）的希臘別名）。

（注19）（佩琉斯之子）對聯軍統領阿伽門農（注20）（阿特柔斯之子）的人格感到不齒，尤其是阿伽門農蠻橫搶奪自己的戰利品後，兩人發生激烈爭吵，阿基里斯憤然拒絕參與戰事，導致戰局發生變化進而引發一連串憾事。我們來讀《伊利亞特》的開頭幾行詩：

女神啊，請歌唱佩琉斯之子阿基里斯的致命的憤怒
那一怒給阿開奧斯人（注21）帶來無數的苦難
把許多戰士的健壯英魂送往冥府
使他們的屍體成為野狗和各種飛禽的肉食
從阿特柔斯之子、人民的國王
如同神一般的阿基里斯最初在爭吵中分離時開始吧（注22）

《伊利亞特》全書近有一萬六千行詩，荷馬在開頭段落對整個故事做了極為精要的敘述。我要特別強調的是，在荷馬時代，古希臘並無文字，這部作品是透過吟唱詩

人和祭司，藉由口頭傳誦而留存下來。荷馬作品在朗誦之始，便以清晰的輪廓指引，讓聽眾進入浩瀚漫長的詩作而不至於迷失方向，由此可見作者的用心。

我之所以花點篇幅介紹荷馬史詩，主要是它隱含了經典的傳承與鏈接的用意。歌德非常喜歡荷馬史詩，在《少年維特的煩惱》中，是主角維特的精神糧食，也用以引起讀者對荷馬史詩的重視，從詩中感受古希臘民族的氣魄，希望對德意志文學產生反省，形塑屬於自己民族風格的文學。在接下來的章節，我還會摘節幾段詩句，彰顯歌德如何運用荷馬的詩作為心境與時局的隱喻。

注19：阿基里斯（Achilles），希臘中北部色薩利國王佩琉斯（Peleus）和海洋精靈舍提斯（Thetis）的兒子，具有比常人更神勇的武藝，是希臘第一勇士，特洛伊戰爭的英雄。

注20：阿伽門農（Agamemnon），邁錫尼（Mycenae）國王。

注21：阿開奧斯人（Achaeans），伯羅奔尼撒半島北部，阿開奧（Achaea）地區的人，在此可視為希臘人的別稱。

注22：羅念生，王煥生（譯，2000）《伊利亞特》，貓頭鷹出版社。頁51。

在看了幾個例子，瞭解作者對開頭段落的用心看待後，我們回到《少年維特的煩惱》的開頭，再看一次內容究竟透露出哪些訊息，是否暗藏心機？

我終於離開你而到此地來，我覺得多麼高興啊！好友，人心是多麼難解呀！我那麼愛你，我和你是這般的難分難捨，竟會因離開你，反而覺得高興！我知道你會寬恕我的。我的其他人事關係，可不正是命運為了要撥弄我這樣的人而採擇了的嗎？（一七七一年五月四日）（注23）

這是寫給好友威廉的信。維特揮別一段導致姊妹之間互相嫉妒陷害的三角曖昧關係，他因此對於人心的複雜糾結感到驚駭，不得不離開那個地方，也與親愛的朋友別離。也就是說，維特逃離了一段痛苦的感情，來到新的地方。信上的這幾句話也透露主角掙扎糾結的語調。

如果我們安於接受這段開場白是個過場，那麼就小看了作者的用心。即便沒讀過此書，大多數人也知道故事內容是維特愛上有婚約的女孩，愁苦難解，走上自殺以求解脫的道路。如果再細看一次這段開頭，就會明白，歌德寫這段的重複用字是「離開」。「離開」固然是逃避一段複雜糾葛的關係，但也用來預示主角終將走上天人永隔的道路，而向朋友道別。只有離開，才能解脫；因為永別，而請求朋友原諒。也就是說，信的開頭既是故事的開始，也是結束！這是歌德所隱藏的密碼。

注23：周學普（譯）（1975）《少年維特的煩惱》，志文出版社。頁19，〈第一部〉。以下引用書中書信皆附註信的日期，不再重複加注。

恢復生命的熱情

表面上，維特得不到愛情而結束生命，但內在意涵是以死諫來彰顯階級意識的無情理性；弔詭之處在於他所欲彰顯的價值是恢復生命的熱情。這種以死換生的矛盾，一方面是年輕的歌德藉由虛構主角的死亡，作為宣洩與慰藉自己不幸的解方；另一方面是激烈的自戕，也逼迫世人省思，如何從工具理性中甦醒過來，恢復人性的本質。

其實，回想青春時期，就能找到生命的熱情。

在她的心靈之前，我似乎比實際的我高尚了許多，因為我把自己擴充到可能發展的極限。老實說：我心靈的一切能力在那時候可曾有那一種不曾被派上用場的嗎？我在她面前，不是已完全發揮了我的心用以包容大自然的那種奇異感情嗎？我們的交往，不常是極微妙的感情和極靈敏的機智活動嗎？不是把這種機智的各種花樣都運用得非常神異，甚至於到了詭譎的程度嗎？（五月

十七日）

經典小說很少以浪漫愛情為主題，主要是它的格局很難成為生命掙扎的高貴印記。雖說《少年維特的煩惱》超越這個範疇，然而，對年輕人來說，戀愛可能是全力打開生命的主要動力，也是驅動成長的主要能量。在《少年維特的煩惱》問世四十年後，歌德對此有深刻的體會：

年輕的人們若不是靠著愛來給內心灌輸生命，再著，若不是有戀愛（不論其為何種戀愛）活在他們心胸中，則究竟應該在哪裡發現最大的關心呢？又應該如何在彼此之間引起關切呢？（注24）

因此，對於年輕人來說，戀愛可說是迎接世界的重要經驗，也是作者用來訴諸年輕讀者共鳴的渠道。不過心靈打開了，還要有機敏與智慧來理解生命給我們的各種體

注24：趙震（譯）《歌德自傳》，志文出版社，頁240，〈十二、夏綠蒂〉。

驗與啟示。在維特最初的幾封信裡，便揭露人們長久以來的生活樣貌：

多數人花費大部分的時間在工作並藉此謀生，而剩下的少許餘暇，又使他們惶惶不安，要尋找方法來擺脫它。哦！這便是人的命運呀！（五月十七日）

理性的背後是欲望的宰制

十九世紀時，叔本華（注25）有句名言反映人們受欲望支配的困境：「人淪為一團欲望，總在寂聊與痛苦之間擺盪。」意思是當人受欲望驅使投入工作，勢必得忍受商業機制與專業分工的無情理性支配，而藉由努力拚鬥以期盼獲得成就感、名聲和物質的過程，是漫長而痛苦的。但是，當階段性欲望獲得滿足的那一刻起，才剛得到的快樂卻又迅速消退，落入寂寥無趣的狀態。這一點對現今的人們仍然適用。

然而，早於叔本華一個世紀，歌德便透過維特的信敘述這個困境的緣由。

我看見限制著人的活動力和探討力的那種囿限；看見所有的活動，無非是想用來滿足種種欲望罷了，而這些欲望，除了要延長我們可憐的生存以外再沒有什麼目的；看見對於探求某些事物所感覺的一切安慰都不過是做夢似的苟安，而實際上則有如人被囚禁在斗室裡，卻在室內的四壁上畫些五彩的人物和明媚的遠景的情形一樣——威廉呀，這一切使我沉默冥想。（五月二十二日）

歌德本著與眾不同的機敏心性，找到了脫離欲望宰制的可能，讓人找回生命，重拾生活的美好。他的發現散見在維特的書信裡，首先是藝術。

注25：叔本華（Arthur Schopenhauer，1788 - 1860），德意志哲學家，代表作品為《作為意志和表象的世界》。

藝術恢復生命的感受

維特對於繪畫和詩歌充滿熱情，視為生命的重要養分。在信中處處可見他信手捻來的詩歌片段，或拿起畫筆掌握感動的景象。這讓我想起俄羅斯評論家維克托・什克洛夫斯基（注26）對於藝術如何改變千篇一律的生活有段生動的描述：

> 習慣化吞噬了事物、衣服、家具、妻子，以及對戰爭的恐懼，如果大千世界的人們繼續無意識的過日子，那麼他們等同沒有生命。藝術的目的不是讓人認得或認識某種事物，而是在於賦予事物情感；藝術的存在是要幫助我們對生活的感受，讓我們對事物產生感覺，也感覺到石頭的無情（make the stone stony）。

什克洛夫斯基接著提出如何體驗藝術以達到恢復情感的目的。

其方法在於讓事物變得不熟悉，形體變得朦朧，讓理解變得困難而耗時費力，這理解藝術的行為本質就是目的，而且必須盡可能延長。

什克洛夫斯基的意思不是指藝術必須故弄玄虛，而是強調藝術之於生活，在於體驗本身以及體驗的過程。

我長期投入藝術史和藝術賞析，偶爾被問及：「藝術可否直觀而得？」、「美學的評斷是主觀的吧」會有這樣的問題，通常是對藝術不熟悉的朋友，以為所有的事物可憑眼見或直覺即得；或認為藝術，不同於文學、哲學和科學具有其領域的專業和理論深度，而將藝術視為為怡情養性、休閒的媒介，不必也不應該費力耗時。此外，還有一種偏見是，藝術的表現必能訴諸於具體的主題，無法接受模稜兩可、開放式思考的「無題」表現。太多人將藝術欣賞當成燒腦後的知性解題，從而解完這一題再換下一題式的填鴨。

注26：維克托．什克洛夫斯基（Viktor Shklovsky，1893-1984），俄羅斯文學評論家。這段文字引自他的專文 Art as Technique（藝術即方法）（1917）。

建構藝術理解的過程和體驗的感知才是關鍵，將藝術內化為美學素養才能恢復並豐富生命。因此，當我們站在一件藝術作品之前，看著主題介紹，甚或聽導覽員的解說，頂多是一種概念的附著。但如果能在建構理解的過程中，設法提升自我到藝術家創作意念的高度，不但更能充分理解作品的完整意涵與精神，同時也培育我們對事物的敏銳感受，感覺世界與生命的奧妙，這才是我們的追求。

《少年維特的煩惱》缺乏童話故事的美麗結局，也沒有以教養的觀點做個振奮人心的結尾，意義也在於此。歌德藉著陳述維特的熱情與特質，期望引起讀者共鳴，打開我們的心靈，恢復對於生命的感受。這些熱情與特質包括：

藝術
大自然
赤子之心
詩歌

自然即生命

維特來到瓦爾海姆，享受當地的自然風光。他畫了一幅人物風景畫，接著描述人應師法自然來滋養和提升自己，而非寄望於規則戒律。他寫道：

我畫成了一幅很勻稱而有趣的畫，全沒有加上自己的意見。這件事加強了我將來要歸依自然的決心。只有自然是無窮的豐富，只有自然能造就偉大的藝術家。人們或許會奢談規則的好處，他們所說的大抵和支持公民社會的形成有關。依規則自行修養的人總不會做出拙劣乏味的東西，依法律和禮儀而修持的人不會變成討厭的鄰居或變成壞蛋。但是，無論人怎麼說，所有的規則都會破壞人對於自然的真實情感，破壞對於自然的真實感受！（五月二十六日）

歌德喜愛觀察自然，浸淫其中，把其他一切不相關的事物完全排除，讓自己完全呼吸吐納自然的氣息，將自己化為萬物的一體，讓自然滋養生命。從體驗大自然的過程中，發現生命的啟示。

在狂飆突進運動中，「自然」是一個突出的概念。運動中的有識之士，認為擁抱自然是對大自然作為一個生命集合體的最高敬意，也是身為有機個體的人不可或缺的母體。人的內心隨著季節交替所帶來的千變萬化，找到生命的呼應，體會其溫馨的擁抱，也感受浩瀚的啟示，讓大自然與生命發生密切的關係。這是狂飆突進運動主張的「自然哲學」（Natural Phililophy）。

諷刺的是，從亞里斯多德到牛頓這位偉大科學家，他們以理性探索和數學邏輯原理來理解世界科學的研究，也被稱為「自然哲學」。亦即期望透過自身的理性力量得到更多的知識，進而帶動科學、政治、人類文明的進步，這是把自然視為一個超大機械系統，人透過實驗研究與驗證，發現其運作的奧祕，以增加人類生活的福祉。牛頓最重要的科學論述著作即名為《自然哲學的數學原理》（Mathematical Principles of Natural Philosophy）。為了避免讀者被同一個名詞混淆絆倒，我用極簡的對比來標示狂飆突進運動與理性主義個別對於「自然哲學」的信仰：有機體／龐大機器，心性／科學，感性／制度。

以歌德為首的狂飆突進運動，如此高舉「自然至上」的理念，不單純是一種哲學信念，也和信仰有關——大自然的一切都是上帝的造物。人從亞當與夏娃離開伊甸園後便懷有罪，且不斷以罪養罪。以歌德所處的時代為例，封建諸侯的專制，既得利益者為了維護其權益，產生更嚴苛的階級主義壓迫，也是以罪養罪的例證。但有識者認為大自然本身是完美的，人是自然萬物之一，與萬物平等，人可以在自然中洗滌，也可以向自然學習。

保有赤子心性

在維特的眼裡，最接近自然狀態的人就是小孩，他們尚未受到世俗的污染，是成人學習的對象。但是人們看待小孩的輕蔑，或對與小孩相處融洽的人視為幼稚，渾然不知自己的面目可憎，態度傲慢。

這種令人無法忍受的態度，今天依然存在。人們的心被世俗價值的塵埃所遮蓋，失去赤子心性，這是造成社會階級歧視的根源。

維特如此喜歡夏綠蒂，跟她與孩子親密相處有極大的關係。維特也對自己和小孩能夠自在的融入，感到無比的滿足。他對於成人懷著偏執的觀念教導小孩社會的規矩，以全知的姿態行使權威式的教養，期期以為不可。他認為成人應該反過頭來向小孩學習，回到小孩的模樣。

親愛的威廉，孩子們是世間上和我心靈最相近的。我時時仔細觀察他們，發現他們雖然幼稚，卻具備將來所必須的一切德性，一切能力的根芽。我在他們的固執之中，看到性格的忍耐和剛毅，在他們的任性之中，看到超脫世間惡運的詼諧和輕捷，那都是完善而未被毀損的！我看見這些情形，總要恭頌人類導師的金言：「假使你們不能成為這些人之中的一員斷不能進天國！」（六月

二十九日）

維特所稱的人類導師是耶穌。他所引用的「金言」出自《新約聖經：馬太福音》。

當時，門徒進前來，問耶穌說：天國裡誰是最大的？耶穌便叫一個小孩子來，使他站在他們當中，說：我實在告訴你們，你們若不回轉，變成小孩子的樣式，斷不得進天國。所以，凡自己謙卑像這小孩子的，他在天國裡就是最大的。凡為我的名接待一個像這小孩子的，就是接待我……你們要小心，不可輕看這小子裡的一個；我告訴你們，他們的使者在天上，常見我天父的面。

我對於這段話語的解讀是：人自出生到小孩階段，尚未受到成人的影響，就像上帝所創造的大自然，仍處於純潔無瑕的狀態。等到人漸漸成長，就開始有了貪婪、驕傲、嫉妒、色慾、憤怒或怠惰等罪惡，繼之受到社會功利風氣的驅使，陷入痛苦與寂寥的擺盪。因此，人若要得到救贖，進入天國，必須要悔改回轉，回復到小孩的謙卑模樣才行。如果人能有這樣的體認，人的歧視與階級之間的隔閡才有消除的可能。

詩歌——荷馬史詩

作為狂飆突進運動的先驅，歌德主張回復赤子心性的信念，也就是回歸自然，讓生命與大自然一體的概念相互銜接，互為表裡。

反觀十八世紀末的德國，文學和藝術顯得雜亂虛矯，充滿模仿與拼湊，有的仿效法國宮廷的氣息，有的則塗抹古典厚重的義大利風格。歌德對於這個現象有著捨我其誰的使命感，他想為德國文學開拓新的氣象，藉以重塑德意志民族精神。他主張效法荷馬、奧西安等最接近自然的詩人，從他們素樸、深刻、宏偉的詩作中，感受古希臘和愛爾蘭的民族情感與氣質的集體表達，進而找到德意志民族文學的方向。

在《少年維特的煩惱》中，維特不斷提及荷馬和奧西安的詩。在維特剛搬到新的地方，就提到他什麼書都不需要，荷馬的詩便已足夠。

你問我要不要把我的書寄過來呢？好友，千萬不要用書來羈絆我。我不願再受到教導、鼓舞和激勵了，我的心已經夠沸騰了。我需要催眠曲，在荷馬的詩集裡我找出了很多。我不知有多少次曾以這種歌使我激昂的血液平靜下來。

（五月十三日）

維特才從一段感情的碎玻璃路上走出來，需要的是安慰與療傷，在新的地方摸索人生的方向。他在這裡舉目無親，荷馬詩歌是最好的陪伴。荷馬的兩部史詩中，《伊利亞特》描述浴血戰爭的人性，而《奧德賽》則著墨於奧德修斯憑著智慧與耐心，摸索返家的歷程。在這裡，維特提到的詩歌顯然是《奧德賽》，孤獨的人最能對於獨孤求活的故事感到共鳴。

過了一段時日，維特在鄰村農家優遊自在享受田園生活的樂趣，讀著荷馬的詩，幻想詩集中女主角的遭遇。

每天日出時，我就出發到瓦爾海姆，在女主人的園子採甜豌豆，然後坐下來剝皮。一面又偷閒讀著荷馬的詩集；又在小廚房裡揀出一個罐子，挑出些牛油來，把豌豆放在火上加上蓋子，我坐在旁邊，時時搖動它。我在那樣的時刻，能夠明瞭的想見潘妮洛碧驕傲的求婚者們宰豬殺牛，切碎和烤炙的情景。（六月二十一日）（注27）

隨著綠蒂（夏綠蒂的暱稱）婚期日近，維特決定離開，到駐外使館工作，乍看是一個光鮮亮麗的環境，但卻凸顯身分差異所代表的階級鴻溝。館裡有位器重他的伯爵請吃晚餐，晚餐之後，伯爵家接著有一個宴會。當眾賓客陸續抵達，看到不該屬於這個場合的維特，開始議論紛紛，投以憎惡的眼光。

伯爵對於未能事先預想可能的窘況感到抱歉，維特也恨不得立即脫身。他寫道：

我悄悄的從那貴人們中間溜出來，坐了一匹馬車到M地，想要在那裡從丘陵上看日落，並且讀荷馬很好的詩歌中的一節，就是描寫奧德修斯受慷慨牧人款待的那一首。一切都使我很滿意。（一七七二年三月十五日）

我認為歌德的用意，是刻意引導讀者延伸閱讀荷馬史詩，感受古希臘渾厚質樸的詩歌情懷。

維特所指這首詩是《奧德賽》第十四卷，奧德修斯海上漂泊多年後終於返回故土，卻不能直接回家，因為他的王宮宅邸有數百位囂張無恥的求婚者，反客為主，作威作福。此時，希臘的守護神雅典娜出手協助，為他易容，變成卑微的老乞丐，從外圍摸索當下景況。

易容後的奧德修斯，先去找昔日對他忠心耿耿的養豬人尤麥俄斯（Eumaeus）。

注27：潘妮洛碧（Penelope）是希臘聯軍英雄奧德修斯的妻子。特洛伊戰爭打了十年，之後奧德修斯返航漂泊又花了十年。這段男主人不在家的期間，不斷有眾多追求者上門，他們長期盤據在奧德修斯家中，吃喝了起來。妻子潘妮洛碧雖不勝其擾，但對丈夫的忠貞始終如一。此後，潘妮洛碧（Penelope）的名字成為忠於婚姻的女性象徵。

到了農場附近，幾條狗衝上前對他狂吠，奧德修斯將計就計，任由手中的枴杖掉落，跌坐地上。養豬人眼見此景，立刻快步跑出來，驅散狗群。他上前招呼這位老伯，卻沒認出他就是二十年前出海打仗，失去音訊的主人。他喟嘆者說：

「老伯啊，這幾條狗只要兩下子
就使你體無完膚，到時你會對我破口大罵，
彷彿天神給我的苦痛和哀號還不夠多。
我坐在這裡為天神般的主人傷心哀嘆，
勞心費神把豬養肥送進別人的腸胃，
那個人卻盼望有東西吃而無法如願，
在語言不通的地方和城市到處流浪，
如果他真的還活在世間看得到陽光。
不管怎麼說，老伯，跟我進屋去吧，

你先吃過東西喝過酒，心裡舒暢以後
再告訴我你從哪裡來又經歷哪些苦惱。」
……
奧德修斯高興這樣的待遇，招呼一聲這樣說：
「朋友，願宙斯和其他永生的神
保祐你心想事成，因為你誠心接待我。」
養豬人尤麥俄斯當時這麼回應：
「外鄉人，來客即使境遇比你更不幸，
我失禮就不合義理，因為外鄉人和乞丐
同樣有宙斯保祐，微薄也只好當作寶。」（注28）

注28：呂建忠（譯注）《荷馬史詩奧德賽》，2018，書林出版，頁390-391。

維特從充滿階級歧視、尖酸刻薄的場合逃出來，以落難的奧德修斯自況，坐在原野丘陵之上觀賞日落，如同高貴的心靈回到故鄉，感受溫暖的光輝，彷彿也受到牧人的親切款待。

詩歌——奧西安史詩

不過，他的自尋安慰，就像一艘破爛小船，奮力在大海巨浪之中航行，被處處暗藏的岩礁撞得傷痕累累。他在異鄉唯一結識的女性朋友，也受到父母警告，不得和出身不對等的維特交往。於公於私，維特都遭遇階級歧視的摧折，原先來到異地轉換心情再出發的機遇不復存在。想來想去，他只有回到瓦爾海姆，看看綠蒂過得怎麼樣？

回來後，他獲知一位溫文儒雅、受僱於寡婦的工人，基於愛慕和護主心切，殺了一位即將成為寡婦的再婚對象。維特知道這位涉案人對寡婦有著崇高善良的心意，急切的到法官面前為他申冤求情，但是綠蒂的先生出言反對，認為無論什麼原因都罪無可逭，法官也不待他說完就嚴加駁斥。維特為此感到悲憤，認為社會對於卑微的人，絲毫不給予起碼的申辯，只便宜行事的用法律處理礙眼的事物。

維特去看夏綠蒂，發現她的態度不若以前熱絡，清楚感覺到刻意迴避的冷淡。

一個月後（十二月二十一日），維特決定死別。先前，綠蒂明明已告訴他聖誕夜之前別再來，但他堅持登門入室，綠蒂無可奈何，兩人同處一室，卻尷尬的做什麼都不自在。

綠蒂說：「我那抽屜有你所翻譯的奧西安詩稿，我還沒有讀過，因為我想請你讀給我聽，但總沒有機會。」（注29）

注29：歌德將奧西安（OSSian）史詩譯為德語，部分節錄在《少年維特的煩惱》，從此奧西安的詩作廣為人知，轟動歐陸。

維特原不以為意，但詩稿一拿到手裡，全身顫慄，眼中充滿淚水。他站不穩，坐下來頌讀。

黃昏的明星啊！你美麗的清輝在夜空閃爍！從雲中舉著燦爛的頭顱，在山上莊嚴上升，你俯視著荒野在尋找什麼……夜深了！——風在山嶺中怒號；飛泉從巖上狂瀉。沒有躲避風雨的廬舍，我獨自被遺棄在狂風暴雨的山上。哦，明月呀，從雲端裡出來罷！黑夜的星星呀，出來罷！但願有什麼光線引導我到愛人睡著的地方去罷！他在狩獵之後，想必在憩息罷，獵弓解下放在身邊，獵犬們在他周圍哼著鼻息，可是我必須獨自坐在奔流輻輳的巖石上，溪流和暴風怒吼著，我聽不見愛人的聲音！

聽著維特朗誦靈魂的吶喊，綠蒂止不住滾落的淚水。兩人交手共泣，陷入奧西安悲愴的詩句，深深感受詩中人物哀戚的命運。她無法自拔的央求維特繼續讀下去。

春風哪，你為什麼喚醒我，你在諂媚，你在說：我以天上的甘露滋潤你！但是我即將枯萎，吹落我葉子的暴風快來了！明天將有旅行者會來，一定會來。他曾見過我的韶年美貌。他將會在田野四處尋找我，而我已無影無蹤。

起初，維特為了擺脫一段不堪的感情來到瓦爾海姆，期望能夠療傷止痛，怎知墮入無可自拔的煉獄。維特的悲慟像岩漿般從地心深處汩流出來，綠蒂感受到令人灼傷的炙熱，但沒有逃離的打算。就在此時，她似乎察覺到維特的企圖，但也不知道能做什麼。維特抱住綠蒂，彷彿世界就此停滯。

隔天，維特取出向綠蒂丈夫所借，由綠蒂親手遞交的手槍，扣下板機，自盡身亡。

隨著主角的離世，故事走到終點。《少年維特的煩惱》影響力迅速展開。

後狂飆突進時代

這部小說是狂飆突進運動的起點。起先由赫爾德等人對哲學、文學、詩歌和信仰提出改變時代的觀點，然後透過歌德、克林格等天才型作家的作品貫穿而出，燃起歐洲年輕人對於社會桎梏與僵化階級制度的不滿，形成一股對抗理性主義的烈焰風潮。這股運動從德國蔓燒至整個歐洲，直到十八世紀末。

在這股風潮下，感傷主義成為鮮明的表現形式，無論詩歌、散文、小說、劇作領域，無不受其影響。感傷主義的表現多根植於信仰的土壤，認為人與自然萬物同為受造的一分子，一起與天地化育，每個個體都值得珍視，心靈的培育至關緊要，理性則為支配的工具，透過藝術與文學的浸淫，揮別一成不變的生活，恢復對生命的感受。以我個人喜愛的古典音樂為例，莫札特《第四十號交響曲》（注30）、歌劇《唐喬·望尼》、貝多芬《第五號交響曲》（命運交響曲），乃至於古典音樂的走向從古典時期走向浪漫時期，都深受歌德和狂飆突進運動的啟發。

到了十九世紀，狂飆突進運動逐漸演變成為浪漫主義（romanticism）。浪漫主義運動延續對抗具有階級視野的理性主義，加入對多元思想與文化的重視，引起德國和中南歐各國對各自民族語言和文化的重視，從而推升民族主義的意識。

後來，當年狂飆突進運動的要角，諸如赫爾德、韋蘭德、歌德和後來加入的席勒（注31）在內，紛紛進入威瑪宮廷任職，掌握時代發言權。他們推崇法國大革命帶來的自由、平等、博愛的理想（與狂飆突進運動的精神契合），但要避免血腥革命帶來的殘酷報復和恐怖統治。這種轉變，有點像精力旺盛的咆哮青少年，隨著年紀增長走入

注30：莫札特第四十號交響曲於一七八八年創作，由於樂曲含有強烈的情緒表達，與《少年維特的煩惱》所代表的精神吻合，在當代有《維特交響曲》的暱稱。

注31：席勒（Friedrich Schiller，1759－1805年），德意志詩人，劇作家。席勒是威瑪古典主義的核心人物之一，也被視為德意志歷史上僅次於歌德的偉大作家。

社會體系之中，因而思想行動從激烈革命路線逐漸轉向體制內改革。

這群邁入青壯年的菁英，在融合而在不顛覆社會體制的前提下，將眼光放在長遠的未來。一方面汲取理性主義的邏輯、進步與客觀思想；一方面吸收狂飆突進的自然、情感與自由的精神。他們以古希臘羅馬時代的人文思想和藝術為本，一起進行創作，追求兼具民族特色和古典優雅的文學與藝術，形成民族氣質與文化，逐漸達到社會轉型的目標，這就是史上著名的威瑪古典主義（Weimar Classicism）。

對於世人所熟悉的歌德，《少年維特的煩惱》只是個開始。之後，他在詩歌、文學、劇作領域的創作，一再展現傲人的成就。歌德不僅是德國最偉大的作家，更在自然科學、色彩研究有獨特的貢獻。一八五〇年，美國思想家愛默生在他的著作《代表人物》（注32），選出人類歷史上的六位人物典型，歌德名列為作家的代表。下一卷，我將藉由歌德生平與自傳，爬梳他成長歷程，了解形塑歌德一生的關鍵。

注32：愛默生（Ralph Waldo Emerson, 1803 – 1882）美國思想家、詩人，被美國總統林肯譽為美國文明之父。他在書中所選出的代表人物（Representative Men），分別是：哲學家柏拉圖、神祕學家伊曼紐・斯威登堡（Emanuel Swedenborg），懷疑論者蒙田（Michel de Montaigne）、詩人莎士比亞、世界英雄拿破崙、作家歌德。

第二卷

#歌德

歌德自傳 詩與真實 初版 1811–1814

成長時期的純粹與理想
詩與愛
每個人的基因都有義大利

直覺與熱情
我愛你，
但這與你又有什麼關係呢？

成長時期的純粹與理想

一個人最重要的時代，是發育時期。我在《詩與真實》已經詳細寫下來了。在那以後我開始了我與社會的鬥爭，不過有意思的，只有結果而已。

這是歌德過世前不久，在《歌德對話錄》中，對於自傳所下的注腳。歌德的感慨，可能謙虛多過事實，也或有儘管名滿天下，但久居宮廷要職而遍歷動盪不安和世事傾軋的無奈，感嘆唯有年少的純粹才值得記錄書寫。然而歌德的一生功名顯赫，值得記錄的絕非發育時期而已。

歌德從小接受文藝復興式的人文教育，最終成為全方位的奇才，在文學、詩歌、劇作、哲學、科學和政治領域都有卓越的成就。以我講述西洋藝術和文學課程為例，歌德就經常出現在各種主題中。提及浪漫主義的起源必有《少年維特的煩惱》；論及形塑德國民族性的新古典主義和威瑪古典主義（注33）的中心人物是歌德；三百年來最受德國青年人歡迎的義大利旅遊指南是《義大利遊記》（Italienische Reise）；論及德語最偉大的文學作品是《浮士德》（Faust），也是德國公演次數最多的戲劇作品。此外，法國印象派對光的理解，以及運用互補色來傳遞明亮鮮豔的色彩，也不能不歸因於他們熟讀研究歌德的《色彩理論》（Zur Farbenlehre）而獲得的成就。歌德著述甚豐，對於思想和文明的發展有深遠的影響。

縱觀其一生事蹟，傳記理應述及不凡經歷、重大挑戰和克服難關的功績。然而，《歌德自傳》（Dichtung und Wahrheit）卻只涵蓋二十六歲以前的人生。而在這期間，他唯一受到世人矚目的成就，就是為了宣洩無法抑制的感傷而寫的《少年維特的煩惱》。除此之外，自傳絲毫沒有提及日後的豐功偉業或傲世巨作。

但是我認為歌德的選擇極為明智。他在有生之年，已著作等身，名滿天下，不缺一本論定終生、維護名譽、功德圓滿的傳記，更何況他的思想研究與洞見遍及各個作品之中。身為文學、藝術工作者，至關要緊的是在有限的人生中，戮力從事創造、發現或演繹的工作，以期提供世人安慰、提昇或救贖的力量，自己的一生就交給上蒼或後世來評價。

我們在市面上不乏看見寫得驚奇處處，充斥俗世鬥爭的自傳，尤以政治和商界人物為多，這或多或少是缺乏自信，欲為存在辯護而留下的紀錄。那些作品或可滿足部分同代讀者的窺探欲望，但少有文學、藝術或哲學的價值。因此，歌德選擇了最純真的成長時期作為主題，有其教養哲學和理想論述的用意。

仔細回想自己的青春少年時期，我們必須承認，處於孩童到青年時期的純粹並非僅是一張白紙般的不經世事，他們對於善惡分明極為執著，在這個固化習性尚未成型，

注33：十八世紀末葉德國威瑪（Weimar）人文薈萃，歌德、維蘭德、赫爾德和席勒皆活躍於此，被譽為威瑪四文傑（Das Viergestirn aus Weimar），他們活躍的時期，於德國文學上稱為威瑪古典主義，始於歌德義大利之行，1794年～1805年。

且無需受制於人情包袱或屈從於利益糾葛的人生階段，年輕人多是「道德上的嚴肅主義者」，不輕易向世俗低頭妥協，這是人生發育時期的高貴之處。再者，青少年的感受與情感尚未定型，也極其敏感，容易感受大自然的啟示，接受崇高的事物和理想，這也正是歌德終生的自我期許。此外，身為一位基督徒，他在《少年維特的煩惱》中，經常引用耶穌對於成人應向小孩效法的典故，用以對比成人世界的愚昧顢頇。

因此，歌德先後於六十多歲和八十多歲所撰寫的這部自傳，有回歸赤子心性的願望。不僅回溯自己從何而來，也與廣大讀者互勉，勿忘純粹、善感、理想與自然的本質。

其次，《歌德自傳》有個別具意味的副標題：「詩與真實」（德：Dichtung und Wahrheit／英：Poetry and Truth）。德語 Dichtung 是「詩」的意思，而其字源 Dichten，則有「虛構」（fiction）的意涵。歌德在一封給朋友的信中談到：

關於「詩與真實」這略含詭辯意味的標題，是基於我的經驗——即讀者常對於這一類傳記式的嘗試，多少都會抱持懷疑態度——而命名的。為防止讀者的疑惑，雖然毫無必要，但我還是公開聲言將採取一種虛構。因為據我所知，盡可能的將左右了我一生的根本真實描寫、表現出來，乃是我最正經的努力。即令如此，到了多年以後，此舉依然非有回憶——及驅由想像力，便屬不可能，故而不得不發揮某種程度的詩才。（注34）

那麼，他如何拿捏虛構與事實的描寫呢？歌德提出一個頗具說服力的說法。他表明這本自傳是綜合科學家、歷史學家和藝術家的觀點寫成（注35）。他以科學家的精神，應用觀察植物演化蛻變的過程來描繪人生的發展階段，以歷史學家角度，呈現時代的總體狀態以及個人與社會的關係，最後以藝術家瀟灑的態度，不拘泥於客觀細節的限制，選擇至為關鍵的素材，揉合組織為一部作品。

注34：趙震（譯）《歌德自傳》，志文出版社，頁2，（譯序）。

注35：Ewald Eisenhardt (1920). Poetry and Truth. In Rines, George Edwin (ed.). Encyclopedia Americana.

在自傳中，從壯年寫到老年的歌德，以冷靜客觀的態度回顧自己的成長時期，坦然陳述那段期間的青澀、喜悅、痛苦和掙扎，透析出成長過程的重要關鍵與轉折。

接下來，我將爬梳歌德自傳所透露的關鍵事件，如何影響他的一生。

詩與愛

妳所在處 有愛與和平
妳所在處 那兒有自然（注36）

戀愛不僅是年輕歌德的生命主題，也貫穿他的一生。

我在第一卷提到，從荷馬以降的作家——包括歌德在內——多會仔細耕耘作品的開頭段落，預示全書的精要內涵。此外，作家對於章節的安排也會極盡巧思的安排。若比喻一部作品為作者邀請讀者共遊的旅程，那麼，章節的安排就是這趟旅程的行程規畫，而旅程中的重要地標——即作家所欲傳達的思想和概念風景——則簡述於章節主副

注36：歌德的詩〈給白琳黛〉。

標題之中。

《歌德自傳》全書共分為四大部，二十章。傳記的每一部代表不同的成長階段，在十五歲之後的每個時期都有戀情。此後，女人或情愛相關的標題占比高達八成，每一階段的起點與終點大多與一段感情的開始或結束有關。由此可以理解歌德書寫此書的一大脈絡，是藉著年少青春的成長，記錄豐富的情感，隨著每一段感情，見證蛻變的生命歷程和重大轉折。

如果對年輕人來說，戀愛是打開生命的最主要動力，那麼歌德是不折不扣的代言人與實踐者。歌德認為年輕人受感情啟發，形成生命的動力，能勇於挑戰超越尋常的想像。因此，維特的角色正反映年輕時的他，累積能量，蓄勢待發的狀態。歌德在自傳回顧當時寫作的心境：

憧憬才是最大的幸福，並且對無法達到的事所抱的憧憬才是真正的憧憬，那麼我們這位正在追尋他徬徨軌跡的青年，可說已經備齊了一切使他成為最幸

福的人的條件。（注37）

接著，他寫到《少年維特的煩惱》一書的主角以感情為原動力，點燃作畫的熱情，快樂時引用荷馬史詩，悲傷時翻譯奧西安詩作，以為抒發炙熱心境的背景。歌德自陳：

對已訂過婚的女性的愛情，想將外國文學的傑作引進自己國家的文學裡，使之同化的志向，把自然的風物，不光是用語言，也用鐵筆與畫筆，而且絲毫不懂技法就想模寫下來的努力；上述種種不論揀那一項來看，僅僅一項就足以使人熱血沸騰，也足以使人感到窒息般的痛楚。（注38）

接著，我要回到此書的副標題「詩與真實」。它非僅止於因闡述主題，而必須運

注37：趙震（譯）《歌德自傳》，志文出版社，頁250-251，〈十二、夏綠蒂〉。
注38：同注37。

用虛構貫穿或補充的寫作技法；「詩人」更是歌德最為世人熟知的身分。在《歌德自傳》中，作家藉著對戀情的抒發，寫了不少優異的詩作。

其中，有許多詩與麗麗有關。

麗麗系出名門。她的父親已過世，母親是貴族之後，掌管夫婿留下的銀行事業，她耗費鉅資蓋了一座洛可可式的宅邸，自設藝文沙龍，成為法蘭克福引人注目的交誼場所。在《少年維特的煩惱》出版的隔年，歌德在沙龍認識了麗麗，她彈得一手好鋼琴，氣質高雅，兩人見面交談後，隨即陷入熱戀。

歌德對麗麗的愛，化成一首首浪漫的情詩。在〈給白琳黛〉中，歌德運用明暗濃淡的對比，穿梭於夜眠夢境，一幕幕的幻影情戲，呈現彼明我暗，彼尊我卑，征服與被征服的角色，最終將摯愛推升為理想的伊甸園。

〈給白琳黛〉

為何妳無可抗拒的吸引我
進入那令人眩目的絢爛之中
我豈不是幸福無與倫比
在荒涼的黑夜之中

悄悄的，我躲入斗室
橫臥於月光之下
裹著冰凍的月影
朦朧的入寐而去
而我夢見黃金般
純粹無雜的欣喜之光
妳那柔媚倩影

投影於我胸臆深處
牌戲之局燈火燦然
被妳留住的是我嗎
屢屢，不得不看著難堪的面孔呆坐的我
豈是真正的我嗎

即令原野上的野花
亦比不過妳的美麗
妳所在處 有愛與和平
妳所在處 那兒有自然（注39）

他們很快就訂了婚，但是階級鴻溝所造成的問題不斷在真實世界上演。歌德家境雖堪稱中上階級，但畢竟與麗麗出身的世代豪門有所差距。理應尋常自在的日常生活，卻端出上流社會的規格與儀節，社交往來也講究門當戶對。兩人的感情雖然純粹，麗麗對歌德的愛也極深，但雙方家人卻無法坦然交流，將來女方恐怕也無法適應尋常人家的媳婦角色。他的好友梅爾克（注40）說了一段極富哲學的話，道出內涵與浮誇的巨大分野，既精闢又富有深意。

你的志願，你不可動搖的路途，在乎給現實賦與詩的形姿。其他的那班人，雖然努力著想把詩意的東西和空想的東西現實化，但那只會造出無聊的東西罷了。（注41）

在父親的支持下，心煩意亂的歌德，啟程去瑞士散心。在湖光山色的景致下，他期盼浸淫於新天新地，不貪戀過去愛的夢境。〈在湖上〉雖然和前一首詩都歸依自然，

注39：趙震（譯）《歌德自傳》，志文出版社，頁301-304，〈十七、訂婚〉。

注40：梅爾克（Johann Heinrich Merck, 1741-1791），德國評論家。

注41：趙震（譯）《歌德自傳》，志文出版社，頁314，〈十八、瑞士之旅〉。

但自然的客體已然改變，兩首詩呈現明顯的反差。

〈在湖上〉

然則 打從自由的世界
我吸許新的糧 新的血
將我 攬近其胸懷的
自然 何其溫柔而甜美
波浪 隨著雙手的划動
而將我們的小舟盪起來
雲塊般聳起的層巒疊嶂
在我們前面顯現出偉容
眼呵 我的眼呵 你因何下俯
黃金之夢呵 你們又來了嗎

去吧 夢呵 縱令你是黃金
這兒仍有 愛與生命

無數的星星
盪於波間
薄霧輕罩
遠山漸杳
晨風習習
吹拂水灣
垂頭麥穗
映照湖上（注42）

注42：趙震（譯）《歌德自傳》，志文出版社，頁318-319，〈十八、瑞士之旅〉。

情傷再度化為創作的動力

儘管設法轉移哀傷，但身在瑞士的歌德，對麗麗思念日深。回來之後，歌德愈發體認到，對於消弭階級差異的盼望，有如期待不同生態系生命可以交錯共存一樣困難，強勢的一方總能發出無以名狀的嚇阻力量，維持其生態的純粹性。

此時，就像苦戀夏綠蒂未果而孕育出《少年維特的煩惱》一樣，歌德一面寫詩自陳心境，一面藉此尋找相關的政治題材，作為創作的參考，因而誕生了戲劇《艾格蒙特》（Egmont），這又是一件將個人遭遇昇華為時代作品的例證。

十六世紀時，低地國（Low Countries，十六世紀初與現今比利時和盧森堡合稱為低地國）處於西班牙的殖民統治，在地出身的艾格蒙特伯爵（注43）是西班牙政府轄下的佛萊明（約當今天的比利時）地區總督。艾格蒙特為人正直，體恤民意，受到人民愛戴。他曾帶頭抗議宗教法庭的成立，直陳那是信仰天主教的西班牙政權，為對抗新教而引進的迫害機構。此外，他也曾因為當地財政困境赴西班牙求援。

當歐洲新教革命風潮蔓延到低地國地區，引發當地人民大肆搗毀教會的偶像圖飾（注44）。於是，西班牙派遣上萬名軍人，進駐低地國鎮壓。曾經跟艾格蒙特一起抗議宗教法庭的威廉一世（注45）見機逃離，但艾格蒙特考量民眾安危並冀盼與西班牙談判而留了下來。最後，他不幸被逮補，遭到斬首極刑。低地國人民眼見艾格蒙特的壯烈犧牲，悲憤填膺，因而凝聚獨立革命的意志，一場長達八十年的獨立戰爭從此展開。

荷蘭伯爵謀和未果，反遭西班牙強權處以殘酷極刑，讓歌德體認到受壓迫民族不敵強國統治的脆弱性，也因此觸及他個人感情受到巨賈階級輕蔑排擠的傷痛，這給了他寫《艾德蒙特》劇本的靈感與動力，再一次成為歌德一部典型的「狂飆突進」劇作。

注43：艾格蒙特伯爵（Lamoral, Count of Egmont, Prince of Gavere（1522–1568），西屬低地國政治家和將軍。

注44：史稱「偶像破壞運動」（Beeldenstorm），最大規模的破壞發生於1566年，造成低地國藝術品的浩劫。

注45：奧蘭治親王威廉一世（William I, Prince of Orange,1533 –1584），荷蘭獨立革命的領導者之一，被荷蘭人視為國父，現今荷蘭皇室為其後裔。

在作品完成約二十年後，奧地利城堡劇院邀請貝多芬為《艾格蒙特》歌劇寫序曲及配樂。貝多芬一向喜愛歌德的作品，立刻就答應這項委託。貝多芬編寫樂曲時，正值拿破崙第一帝國揮軍橫掃歐洲，奧地利也在其鐵蹄之下。繼兩年前的《命運交響曲》之後，貝多芬再度將他對拿破崙政權的憤怒，抒發於《艾格蒙特》歌劇曲目中，是承襲狂飆突進風格之後的浪漫樂派作品。

回到歌德。

在《艾格蒙特》起稿的一七七五年秋冬之際，威瑪公爵夫婦來到法蘭克福，當面邀請歌德赴威瑪任職。這正是歌德需要的契機，他斷然結束婚約，奔赴威瑪，從此改變了他的一生。

每個人的基因都有義大利

在電影《羅馬假期》（Roman Holiday, 1953）中，隨皇室來到羅馬的公主安（奧黛麗．赫本飾），因為喘不過氣的公務行程而偷溜出去，隨著記者喬（葛雷哥萊．畢克飾）暢快的遊玩羅馬。夜深之際，安終究得告別，她依依不捨的對喬說：「我會變成南瓜，穿著玻璃鞋離開。」

隔天，皇室舉辦離別記者會，有記者問公主：「殿下，您最喜歡哪個城市？」將軍突然緊張的插嘴：「每個城市都有其特色……」安打斷將軍，說：「每個城市都有令人難忘的特色，不好說啊……」此時她看見臺下的喬，兩人遙遙相望。接著說：「羅馬！一定是羅馬！我活著的每一天，都會珍惜懷念我在這裡的時光。」

義大利是西方人的永恆朝聖之地，千百年來皆然。在《歌德自傳》中，我們可以充分感受到他的童年充滿義大利的一切。

由於父親對義大利鍾愛不已，從家中掛畫及不時把玩的義大利旅遊收藏品，到用義大利文寫遊記，也找來義大利老師校訂。為了讓老師開心，全家人包括母親在內，也跟著學義大利語，一起唱義大利歌曲。

依據文藝復興式的人文教養傳統，義大利之旅是優渥青年不可或缺的成年禮。歌德家亦不例外。歌德父親對於旅行規畫的想法相當有趣。

父親更告訴我，可以到威茲拉或雷根斯堡（注46）（Regensburg），然後是維也納，再從那兒到義大利。不過他還反覆的說過，最先應當一看的，是巴黎，否則從義大利回來以後，沒有一樣是有趣的。我以欣悅的心情，聽了這一類有關我未來青春航程的夢幻故事，尤其因為他最後都是以義大利和拿坡里的描寫來結束……我也多麼願意置身於這種樂園之中啊。這種激烈的願望，在我那幼小的心中噴湧而生。（注47）

歌德來到法國史特拉斯堡求學時，正逢神聖羅馬帝國公主瑪麗・安東妮（Marie Antoinette）前來參訪。她因為即將嫁給未來的法國國王路易十六而途經此地。為了迎接未來的皇后，政府在萊茵河的小島上，建造一座水上行宮。歌德來此參觀，看到牆面掛著拉斐爾作品的複製掛毯，主題是採自他在梵蒂岡使徒宮和西斯汀教堂的作品。歌德以朝觀者的姿態，壓抑著激動的情緒寫道：

> 這來得太快，我還沒有準備好所有需要的知識，我缺的還很多。巴黎應該是我的養成學校，羅馬則是我的大學。那是一所真正的大學，誰都應該去看，而且要看盡所有的東西。但是我現在還不急著進去。（注48）

注46：雷根斯堡（Regensburg）位於德國西南部巴伐利亞邦。

注47：趙震（譯）《歌德自傳》，志文出版社，頁35，〈一、呱呱墜地〉。

注48：Nicolas Boyle (1992), Goethe, The Poet and the Age. Oxford University Press.

歌德這麼寫，沒有絲毫浮誇的成分。義大利不只是古蹟，而是一個充滿主題、象徵、寓意之地。涵蓋的範圍從文學、繪畫、雕刻、音樂、文化到信仰。文明也不僅於古羅馬帝國和文藝復興，也包含古希臘（那不勒斯和西西里島是古希臘殖民地）和梵蒂岡——希伯來文明的傳承者；義大利藝術絕非只有達文西、米開朗基羅、拉斐爾和貝尼尼（注49）（雖已令人抬頭仰望、歎為觀止），更有維特魯威、維吉爾（注50）、但丁、科西莫．梅迪奇（注51）、布魯內萊斯基（注52）、卡斯蒂利奧內（注53）、帕拉底歐、卡拉瓦喬和韋瓦第。每個受到西方文明影響的民族，每個人的文化基因都有義大利。

歌德曾數度規畫的義大利旅行，都因公務纏身無法成行，但終於能在四十歲前赴義大利遊歷。一如《歌德自傳》於晚年書寫，他的遊記在六十七歲才開始出版，直到八十歲才完成最後一部，最終成為洋洋灑灑、四十萬字的《義大利之旅》。出版後，無數德國年輕人都以此書作為義大利的壯遊指南。

在義大利，歌德擺脫過去感到乾涸沉滯的環境，恍如置身天堂。他急切的從所見的事物中賦予意義，找到自我。歌德能夠達到這個目的，是因為他早就有備而來。

溫克爾曼的影響

此前，歌德已從德國藝術史家暨考古學家溫克爾曼（注54）的著作獲得古希臘羅馬的美學視野。溫克爾曼是考古學之父，也是第一位將古典時代藝術區分為古希臘、希臘化時期和古羅馬時期的藝術史家，讓人們對於古典時期的藝術萌芽與發展過程有深

注49：吉安路．洛倫佐．貝尼尼（Gian Lorenzo Bernini，1598-1680年），義大利雕塑家，建築師。

注50：維吉爾（Virgil，70-19 BC），古羅馬詩人，著有《埃尼亞斯紀》、《牧歌集》。

注51：科西莫．梅迪奇（Cosimo de' Medici，1389-1464），佛羅倫斯銀行家，梅迪奇家族王朝建立者。

注52：布魯內萊斯基（Filippo Brunelleschi，1377–1446），佛羅倫斯建築師。

注53：卡斯蒂利奧內（Baldassare Castiglione，1478–1529），義大利作家、外交家，以《廷臣論》（The Book of the Courtier）聞名於世。

注54：溫克爾曼（Johann Joachim Winckelmann，1717 -1768），德意志藝術史家暨考古學家。代表作為 Thoughts on the Imitation of Greek Works in Painting and Sculpture, (1750)，The History of Art in Antiquity (1764)。

入的認識，並對藝術與文明的關係賦予重大意義。

溫克爾曼將藝術定義為文明發展的有機結果，會經歷萌芽、成長、成熟與衰退的過程。而影響文明的因子包括氣候、自由程度、民族素養和技藝水準。溫克爾曼對於古希臘的研究尤其深入。他認為古希臘特有的政治制度、社會體系和人民智識程度培養了他們絕佳的創造力，是古希臘藝術大放異彩的因素。

在這裡，從研究藝術史的心得，我要強調一個觀點：文明不見得會持續向前向上的發展，而多為興衰的過程。歐洲中世紀的黑暗時期（約五到十五世紀）大約倒退回西元前五、六世紀的水準（或更低，至少從文學和藝術來看是如此。），也就是說，從過去兩千年的文明發展來看，有一半時間是衰敗墜落的。而中世紀之後的文藝復興呢？有論者形容若以科技面比擬，是相當於工業革命的改變。如果從發展速度來看，那段期間確可比擬工業革命時期。而在本質上，文藝復興的文學藝術的確追趕上，甚至超越古希臘的水準，但在其他領域的開創性上——譬如人文主義、民主制度、哲學論述——並未有明顯的躍進。因此在歷史上，人們以「希臘奇蹟」來形容古典時期的希臘文明，而對於十五、十六世紀的義大利，則以文藝「復興」來闡述希臘文明的再度興盛，由此可見史學家對於古希臘文明的尊崇。

溫克爾曼從古希臘藝術的研究，歸結藝術的終極目標是精簡、典雅與永恆的美學。要培育這樣的藝術土壤必須從教養著手，讓人的特質與性格都能受到古典美學系統的薰陶，並在個別環境下從大自然獲取養分，了解自然整體與個體的比例與組成，進而創造帶有民族與個別特色的美學。

溫克爾曼宣稱：「唯一能讓我們變得偉大——或者可能無與倫比——的方法，是效法古人（希臘人）。」（注55）溫克爾曼的藝術史觀與思想，刺破當時洛可可的浮誇矯飾，

注55：原文是：The only way for us to become great or if this be possible, inimitable, is to imitate the ancients. David Carter (trans), Thoughts on the Imitation of Greek Works in Painting and Sculpture. (Johann Joachim Winckelmann , 1750)

並催生了十八世紀歐洲的新古典主義（Neoclassicism），對繪畫、雕刻和建築產生全面性的改變。

溫克爾曼的思想對德國的影響深入民族基因。一九三五年，一位英國重量級學者出版一本專書，半嘲諷的形容這股「溫克爾曼現象」，書名是《德國希臘化的專制：論希臘藝術與詩歌對十八、十九、二十世紀德國偉大作家的影響》（注56），由此可見一斑。溫克爾曼透過赫爾德、歌德、尼采等人的吸收與領悟，鼓吹效法古希臘和諧、永恆的精神，呼籲青年追求成熟、冷靜、理性的靈魂，進而形塑德國民族的性格。

義大利之旅

歌德怎麼從義大利發現希臘呢？自十五世紀起，拜占庭逐漸落入鄂圖曼土耳其帝國統治之後，歐洲人難以赴希臘領受古文明的丰采。事實上，希臘本土的遺跡也已遭到嚴重破壞。所幸，西方基督教世界裡，保有最多古希臘文明遺跡的地方是西西里島。

衷心喜歡荷馬史詩、希臘戲劇和哲學，復又深受溫克爾曼影響的歌德，對於義大利南端西西里島感到完全的臣服。他終於親臨義大利文藝復興藝術的源頭，探訪古希臘藝術遺產，心中充滿狂喜。歌德這麼形容西西里島之旅：

> 沒有西西里島的義大利之旅，等於根本沒有看見義大利。因為，西西里島是一切事物的線索。

直到今天，這一段話是西西里島吸引觀光客最強而有力的證詞。此外，在義大利旅行中，歌德長時間待在羅馬，畢竟這裡擁有最多傳承古希臘的古羅馬文明。歌德厭倦德國浮誇的巴洛克和洛可可風格，他想探尋古希臘羅馬建築體系的恢宏大器，體驗

注56：Elsie Butler (1935), The Tyranny of Greece Over Germany: A Study of the Influence Exercised by Greek Art and Poetry Over the Great German Writers of the Eighteenth, Nineteenth and Twentieth Centuries , Cambridge University Press.

古羅馬建築師維特魯威（注57）《建築十書》提倡理想建築的原則：「持久、實用、美感」。

此外，義大利更有將古希臘羅馬精神發揚光大的文藝復興遺產。除了繪畫與雕刻之外，歌德也造訪帕拉底歐（注58）遍布於威尼托大區的建築作品。帕拉底歐是維特魯威的信徒，文藝復興時期最具才華的建築大師。他的建築融合古希臘羅馬的美學精神，將碩大壯闊的神殿建築，轉化成為一棟棟會所、教堂、宅邸和別墅，如今絕大多數都被聯合國教科文組織列人世界遺產。

歌德經常早上寫作，下午欣賞藝術作品，造訪建築與廢墟。他這麼形容義大利之旅：「我們都是追尋義大利的朝聖者。」歌德義大利之旅遍及全境，從米蘭、威尼斯、維琴察、佛羅倫斯、羅馬，到拿波里、西西里島。他不但深入龐貝遺蹟，還登上維蘇威火山。

歌德在義大利期間不僅尋古覽勝，也進行廣泛研究，從地形地物、岩石土壤、植物生態、建築廢墟到藝術品，由此可看出他有師法維特魯威和達文西的意圖，成為全才型的博學家。綜觀他一生的跨界成就，博學家的稱號名實相符。

歌德原先欲透過義大利之旅，重新灌輸繪畫和寫作的發展動能，然而，在親眼目睹博大精深的古希臘羅馬和文藝復興藝術後，他發現自己在藝術上難以超越前人，因而確立專注於文學和詩歌的創作方向。

義大利之旅形塑德國民族性

在義大利期間，歌德沉浸於古希臘羅馬的藝術與文化之中，漸漸體悟到啟蒙運動和狂飆突進運動都過於極端。前者忽略個體獨特的存在與社會的多樣性，而後者又過於重視激情，導致社會的動盪與反撲。歌德在義大利體會並印證了溫克爾曼新古典主

注57：維特魯威（Marcus Vitruvius Pollio，80/70 BC - 25 BC）古羅馬軍事武器設計師、建築師。

注58：安卓．帕拉底歐（Andrea Palladio，1508-1580），是史上第一位專職建築師，此前建築師多由畫家、雕刻家兼任。

義思想的必然。因此，他決定於希臘羅馬的古典文化基礎上融合文學與哲學思想，在社會往前邁進的同時，讓人類與自然、情感與理智、個人與社會達到和諧的狀態。

我們可以這麼說，溫克爾曼的新古典主義，從藝術的風潮滲透到民族文化的內涵；而歌德的義大利之旅，確認了溫克爾曼的主張——從古希臘—羅馬—文藝復興的精神上找到傳承的脈絡。回到威瑪之後，歌德夥同赫爾德、韋蘭德以及席勒等人，號召文學家、哲學家、學者和藝術家來到威瑪進行研討，這就是「威瑪古典主義」（Weimar Classicism）形成的由來。

這股持續近二十年的運動，發展出清新明快的德意志文學，也促進了德意志各聯邦對自身文化的認識，並形塑現今德國人講究理性、成熟、冷靜和永恆價值的民族性，也為德國奠定統一的文化基礎。這恐怕是歌德對於義大利之旅未曾想過的深遠影響。

直覺與熱情

在自傳中，歌德數度提到朋友喜歡帶他到處獻寶，要他即興作詩。有一回，歌德在沙龍朗誦一位法國博學家波馬謝（注59）的作品，那是一部有關西班牙作家的回憶錄。可能基於波馬謝也是著名劇作家的緣故，朋友脫口刺激他：「你能把它改寫成劇本就太好了。」詎料歌德旋即答應，舉座大驚。他自忖：「一般所謂的構思，我總可以在一瞬間完成。」（注60）這個說法實在讓一般人徒呼負負。歌德離開沙龍後，刻意繞了遠路，回到家，已有改寫的頭緒。八天後，歌德完成劇本《克拉維哥》（Clavigo），隨即在當年出版，比《少年維特的煩惱》還早了兩個月。

注59：皮耶．波馬謝（Pierre Beaumarchais），法國博學家，最具代表性的作品是《塞維亞的理髮師》。

注60：趙震（譯）《歌德自傳》，志文出版社，頁289，〈十五、梅因茲之旅〉。

看到這裡，要期盼常人有歌德的詩才或博學，毋寧是不切實際，也沒必要。然而，我認為，即便不被匡列為高智商的天才，或不屬於在考場過關斬將的好學生，仍可展現令人振奮的「才華」。

在為數不少的演講場合中，經常有人提出天分與努力的問題。這些提問是在獲悉我過去以來，不斷在不同領域——包括企業工作、經營事業、跨國長征、寫作、藝術賞析、文學評論等——的活躍投入後，激起朋友們想重新出發的想望，因而問起有關潛能的準備與培養。我簡單的回答是：「有熱情就有才華，存在就是力量。」

我相信，人如果能夠找到內在不斷湧現的熱情，那大致就是才華的所在，順著那個方向去投入，熱情與成就感自然會持續澆灌活水，讓生命展現屬於自己的絢麗色彩。這是我過去不斷在跨領域經驗中得到的體會，也正是歌德提出培養「直覺」、「精神力量」的關鍵。

在「狂飆突進運動」和其後的「浪漫主義」時代所指的才華，是天分的靈動所產生的原創性與爆發力。用淺顯一點的語意來說，就是直覺所產生的創意。我們不必問自身是否為天才，但是豐沛獨特的直覺與創意卻是可以培養的。歌德自陳：

給精神高度喜悅，有二途，即直覺與概念。而直覺必需有未必是恆常伸手可得的高貴對象，與非輕易可獲致的相當程度的教養。但是概念則僅需感受力即可有內容，並且其本身即為教養的器具。因此之故，那位最卓越的思想家從黑暗的雲間投射到我們頭上的光芒，才顯得彌足珍貴。（注61）

這整段話需要一些篇幅解釋，以了解其中的意涵。

歌德所指的「精神」，可解釋為相對於肉體的靈魂中，具有洞察力與生命力的思想體系，也可以說是一個人的深刻哲學觀。用淺白一點的方式來說，精神就是人

注61：趙震（譯）《歌德自傳》，志文出版社，頁164，〈八、咳血〉。

生觀、價值觀，也是每一個人獨特的心靈定位。讓精神喜悅，亦即令人感到充實、豐富，而有持續的滿足，這和二十一世紀心理學和企業哲學所欲追求的「持續的喜悅」（sustainable happiness）相當。

能讓精神產生喜悅的動能之一是「直覺」，因此它不止於我們對環境所產生的反射動作或閃現即逝的片刻印象，而是針對主題或對象所產生獨特、稀有、原創特質的感知意念，因此直覺和靈感相當接近。而令精神喜悅的另一動能是「概念」，則是透過教養、訓練、歸納和反應可以獲得的觀念或構思，是受過訓練的思考、邏輯、分析、推理和重新組合的能力。因此，概念（化）的能力約可類比為理性思考的能力。

如果讀者能理解直覺與概念的分野，就能了解「狂飆突進運動」和其後的「浪漫主義」所推崇的價值，在於知識分子藉由「直覺」所帶來的真知灼見，是最為珍貴獨特的，且帶有原創的生命力。

那麼，這種「直覺」所代表的獨特感知能力，究竟有沒有辦法靠後天培育呢？歌德是這麼說的：

雖然熱情曾經受到責難，但是如今則應當懸為我們研究的主要目標，祇因有關它的知識，被強調成精神力量最重要培養手段，故此我們當然得把它當作是重要而崇高的東西。（注62）

這與我所說的「有熱情就有才華，存在就是力量」的意思不謀而合。也就是雖然每個人的資質都不相同，但是找到熱情，進而投入相關領域的研究、培育，那麼就會啟動直覺的有機發展，形成與眾不同的「天分」、「才華」。然而，也常有人提出：「熱情不能當飯吃！」、「熱情消退了怎麼辦？」那恐怕是將欲望與熱情混淆，誤認衝動為理想的緣故。我對熱情的定義是一種對於理想的實踐與追求的潛在能量，因此，

注62：趙震（譯）《歌德自傳》，志文出版社，頁179，〈九、舞師的兩個女兒〉。

尋找熱情與純粹的理想絕對相關，而尋找的歷程可以窮盡一生，端看你對自己是否有承擔，對人生是否有盼望？歌德在自傳中對於熱情—想像力—願望—實現的關聯作了清楚的說明。

我們的願望，亦就是存在於我們之中的能力之預感，也是我們將來可能完成的事情的預告。我們的想像力，會把我們所能做的，我們想做的事，當作橫臥在未來的事物，而描繪出來。我們對潛藏於我們身中的東西，感到憧憬。因此，以熱情預先把握它們，始能將夢想化為實現。如果這種方向確切存在於我們本性之中，那麼隨著我們的每一步進展，最初願望的一部分便獲得實現。倘使能在順境之中，我們的進展便直線前進，縱然處於逆境，路途雖迂迴，但仍然能夠屢次的回到直線上。故此，有的人可以靠堅忍而獲致財寶，他們即被包圍在財富、榮耀與名譽之中。另一方面，有的人更堅實努力於尋求精神的優越，他們將獲得對事物澄清的達觀、心情的平靜，以及對現在與未來的心安。（注63）

這並不是說我們憑藉著熱情就可以無往不利，邁向成功。當我們的理想夠純粹，也就不會過於在意一時的挫敗、他人的阻撓。有時，也或許是時機的尚未成熟，即便終究未能獲得我們想要的，也能享受學習的過程，為人生增添智慧的喜悅。

每當我讀到歌德這段文字，總能提醒我閱讀的美好。亦即無論時空距離多麼遙遠，我總能在書中找到知音，找到對話的靈魂。那是一種極為親密而令人感到安慰的信心，也能讓人獲得內心的平靜。

注63：趙震（譯）《歌德自傳》，志文出版社，頁188，〈九、舞師的兩個女兒〉。

我愛你，但這與你又有什麼關係呢？

《歌德自傳》共有二十章，歸類為四大部，歌德分別在部首寫上別具深意的標題，將此書的高度從青少年歷程傳記提升到人生淬煉的哲思。這四個的標題是：

一、受到懲罰，始成為一個人。

二、年輕日子裡的冀望，年老之後將獲得豐盈滿足。

三、樹可以長高，但終不能抵天。

四、除神之外，沒有其他能與神為敵。

歌德要傳達什麼意念呢？

這是他在回顧自己成長與狂飆時期後，為一生所折射的註解，意在告訴讀者，即便天才如他，仍不完美，但只要堅持夢想，必有收穫。儘管不斷成長茁壯，但終究不能抵天，自己一生都是個謙卑的信徒。

有關「受到懲罰，始成為一個人」，大抵和亞當、夏娃被逐出伊甸園，帶著原罪，來到人間有關。這樣的命題，代表他誠實面對自己的缺陷和不足，也有終生面對神，以期獲得永生的意思。

歌德成長的過程中，一再面臨信仰的挑戰和質疑。他不滿意學校的聖經課程，想要離開教會，但他沒有選擇背離信仰，而是自己設法探尋其中的真諦。也因為如此，他的信仰比同輩更加深刻。有一回，一群調皮的小孩跑到歌德面前說他的父親是被領養的，不但搬出許多證據，還說家產都是來自祖母。那群人打算羞辱歌德，激怒他打架。沒想到，他平靜回答：

不管是什麼樣的人傳給我生命，都無關宏旨，因為生命來自上帝，在上帝面前，我們都是平等的。（注64）

注64：趙震（譯）《歌德自傳》，志文出版社，頁52，〈二、頑皮少年〉。

來自信仰的生命和眾人平等的主張，也是狂飆突進運動和浪漫主義者，對抗理性時代與階級不平等的根基。歌德對於信仰的認識與其自身投入研究、考察、驗證和詮釋的歷程有關，顛覆一般人對知識分子質疑信仰的刻板印象。

長期以來，知識與信仰之間的對抗和鬥爭始終未曾消滅。經歷科學革命和理性時代的巨輪滾動，知識不斷擴張地盤，導致信仰的根基受到震動，日益邊陲化。他要如何面對廣大知識界對宗教思想的嗤之以鼻、冷嘲熱諷？關於這個議題，歌德有個極為透澈的見解。歌德認為，信仰是有限的個人對無限強大的神的終極信任，而知識是一種累積，可以擴張，也可以隨時修正、丟棄。他說：

信仰乃對現在及未來的很大安全感，而這種安心，產生自無比偉大的，無限強大的，且無從窮究的存在之信任。這種牢不可拔的信賴才是一切，而如何去看這種存在，則端視我們的能力、環境如何而定，確乎是無關宏旨的。信仰可以說是神聖的容器，人們都希望能將各自的情感、悟性、想像力，盡可能當作獻禮來投入其中。至於知識，則完全與之相反。知——其本身完全不成問題，問題在乎知道什麼，知道得如何深切，如何多。故此，知識可能引起種種議論，因為知識這東西，是可以修正、擴展、限制的。知識發自個別的事，既無終了，亦無形態，且絕不能被概括，縱令看似被概括，充其量亦不過是一種夢想而已。（注65）

希臘主義與希伯來主義

由此可知，歌德認為信仰和知識並行不悖，有信仰的人仍可盡其所能的追求知識。然而，除了理性與知識以外，基督教信仰在西方世界還有一個在思想上劇烈競

注65：趙震（譯）《歌德自傳》，志文出版社，頁275-276，〈十四、無私的愛〉。

爭或對抗的力量，持續了兩、三千年，至今仍方興未艾。如果將基督信仰溯源自希伯來民族，稱之為希伯來主義（Hebroism），那麼，這競爭或對抗的力量便是希臘主義（Hellenism）。這種兩極論述，在歌德時期或許尚未完整出現，但是其背後的拉鋸較勁，一直存在。直到十九世紀中期，英國文化評論家馬修．阿諾德（注66）對於希臘主義和希伯來主義相繼形塑西方文化，以及兩者間的競爭有生動的描述。

世人皆知，西方文明起源於希臘，更精確的說，是源於西元前八、九世紀的荷馬史詩《伊利亞特》和《奧德賽》，有關希臘諸神傳說的流傳也源自於此。

荷馬的年代，希臘城邦林立，紛爭不斷，且各自有信仰的神祇。終於在西元前七七六年，各城邦以敬拜奧林帕斯天神宙斯為名，開始了古代奧林匹克運動會。他們以競技取代戰爭，運動員以健美的裸體上場，他們淋上橄欖油，作為祭神的儀式。在古希臘，有兩類對象可以作為雕刻裸像的主題，一是希臘神祇，一是優秀的運動員，這些雕像至今都成為我們所熟稔的優美人體形象。

希臘眾神的七情六欲和愛怨情仇，較常人更加肆無忌憚，反映希臘人對於肉體情慾的坦然。他們對於完美人體比例的欣賞，更推及於繪畫、雕刻和建築美學，毫無遮羞避談的必要。凡此種種，都成為西方文學與藝術的創作泉源。

奧林匹克運動會舉行兩百多年後，逐漸富裕的希臘地區出現哲學的探討。在古希臘信仰中，人死後只能去冥間，沒有復活再生的概念，祭祀神的目的是求在短暫的生命中得到榮譽功名，或平安順遂。到了古典希臘時期（約西元前五世紀起，到西元前四世紀），不愁溫飽的希臘人開始探討人的短暫生命應該如何自持，思考人生何去何從的議題。他們從人的智識、邏輯與想像力出發，啟動了哲學的發展。總的來說，希臘文明從人的本位出發，衍生出繽紛的戲劇、文學、藝術、建築和哲學，後人稱之為「希臘主義」。當我們看到有關文藝復興的作家、哲學家被冠上「人文主義」、「人本主義」

注66：馬修．阿諾德（Matthew Arnold, 1822-1888），英國詩人、文化評論家。有關希臘主義與希伯來主義的論述，出現在《文化與無序》（Culture and Anarchy, 1869）。

學者，均可視為希臘主義延伸的一部分。希臘主義的精神從古典時期延續了一千年，直至古羅馬帝國末期。

另一方面，猶太教原已存在西元前一、兩千年，但一直僅限於希伯來人之間。直到耶穌出現，對於耶和華的信仰不再局限於猶太人和以色列地區，而通往廣大的世界。耶穌使徒保羅到西方傳教的初始地點就是希臘。《新約聖經》中的許多篇章都是保羅寫給希臘在地教會的書信，也以其所在地命名，譬如：〈腓立比書〉、〈帖撒羅尼迦書〉、〈科林多書〉等等。希臘成為基督教化最早的地區，基督教對西方文明的影響也逐漸擴大。

五世紀時，繼承希臘文化的西羅馬帝國滅亡，歐洲進入長達近一千年的中世紀時期。期間，基督教取代希臘主義，成為蠻族統治西歐的一盞明燈。基督教源於希伯來民族，強調對神的敬畏與服從，注重道德與紀律，為社會帶來良善的秩序，也給予人心靈終極的依歸，這是「希伯來主義」帶給歐洲與世人的影響。

歐洲在中世紀進入黑暗時期，一方面是蠻族統治下的文化倒退，一方面是當時教會嚴格實施禁止偶像崇拜的戒律，教義的詮釋片段化，文學與藝術的發展萎縮。一直到十四、十五世紀，始於義大利半島的城邦國家開始富裕起來，基於人的個體意識覺醒，對於美的渴望（與古希臘文明之始的古典時期有驚人的相似特點：城邦型態、富裕、美學等等），以及情感自由流露的欲望，人們開始回溯並珍視古希臘文明的遺產，造就歷史上的文藝復興，也被認為是希臘主義的再起。與此同時，梵蒂岡的腐敗孕育了宗教改革，馬丁路德將《聖經》翻譯為優雅的德語，一般人更能了解經文的意涵。從此，日耳曼地區出現的新教逐漸成為主宰歐洲的勢力，被視為是希伯來主義的再起。

馬修．阿諾德主張，希臘主義追求人的至美，而希伯來主義鑑於人的原罪而尋求救贖。倘若（西方）人們能同時追求希臘主義與希伯來主義，那便是追求卓越的道路。

事實上，早於阿諾德主張約七、八十年的歌德，便堅信追求希伯來主義與希臘主義兼容並蓄的理想。我舉一個自傳中的例子。

歌德對於翻譯二十二部莎士比亞作品的韋蘭德，極為推崇，認為他對德國文學起了極其深遠的影響。但是韋蘭德總對莎士比亞的希臘神話元素有一些酸言酸語的批評，後來更撰文批評歌德對希臘人豎起了叛旗，歌德因而嚴詞批駁：

希臘的諸神與英雄，並不是站在道德的特性之上的，而是站在純粹的感性之上。這一點早已是人人知之甚稔的事，也唯其如此才為藝術家們提供了那麼了不起的形姿。（注67）

由此可知，以歌德為首的威瑪古典主義，與理性時代的無神論有別，也不會走上極端的宗教本位主義，死守片面的教義。威瑪古典主義在信仰的基礎上，接受當下的社會結構，避免激烈的階級鬥爭與革命，將眼光投向一個理想的未來；他們以古希臘羅馬的文明為本，擁抱人文主義的思想，融合啟蒙運動的理性、寬容與邏輯思維，兼容狂飆突進運動對於情感與個體存在的獨特性，致力於塑造一個共同的文化主體，展現德意志的精神。

我愛你，但這與你又有什麼關係呢？

雖然《歌德自傳》中，描述最多的主題莫過於戀愛和友誼，但歌德對此也有一個信仰上的態度，或可作為歌德一生情感的最佳注解：

「真正愛神的人，萬不可冀求神亦愛你。」這驚異的語言，與它所據以成立的一切前提，以及它所產生的一切結論，充塞了我的整個思惟。凡事都無私，對戀愛與友誼最無私，這是我的最高願望，是我的原則，亦是我的實踐。因此之故，日後我所說的一句不顧一切的話：「我愛你，但這與你又有什麼關係呢？」正是我衷心裡的話。（注68）

注67：趙震（譯）《歌德自傳》，志文出版社，頁285，〈十五、梅因茲之旅〉。
注68：趙震（譯）《歌德自傳》，志文出版社，頁277，〈十四、無私的愛〉。

這是歌德作為一個信仰的護衛者對於愛的詮釋與行動，聽起來有點偏執任性，卻清楚呈現他成年之後的處世態度：愛是世間所有事情的解答。這也呼應自傳第四部的主題，也恰可作為歌德自傳的結語：「除神之外，沒有其他能與神為敵。」歌德的意思非僅神的力量大於一切，沒有人可以為敵。更進一步的，無論人的身分高低、聰明愚昧、罪惡深淺，甚至信仰與否，神都愛世人。因此，他效法學習，作為自己奉行的準則：「我愛你，但這與你又有什麼關係呢？」

第三卷

#赫曼・赫塞

鄉愁 初版 1904

赫曼・赫塞的成長時代
閱讀生命的起點
傾談自然、詩的文采

難以言宣的嘆息
——鄉愁的文本脈絡

赫曼・赫塞的成長時代

每個人只活一次，但赫曼・赫塞卻給人活過好幾個人生的印象。

我這麼說，是因為赫曼・赫塞（Hermann Hesse, 1877-1962）的作品充滿自傳色彩，我們在這些小說主角看見迥然不同的性格、思想與掙扎，而那些真誠深刻描述，讀來都像是作者自己的故事。這個文學史上極為特殊的現象，與其出身傳道世家、叛逆的成長歷程，不輕易與現實妥協，時代劇烈動盪，以及誠實而深刻的面對自己有關。更重要的是，作家透過敏感的洞察與想像力，創作出一本又一本精采的成長小說。

順著赫塞成長背景的展開，我們可以循跡追溯相關作品誕生的脈絡。

赫塞出生於風景秀麗，湖光山色的卡爾夫，此地民風淳樸，充滿成長的回憶，但也因年青人受不了家鄉的一成不變而外出打拚，成為赫塞一生不斷追溯的《鄉愁》。

說到赫塞的家世，是一頁傳奇的篇章。他的外祖父赫曼・肯德爾特（Hermann

Gundert）是德國備受敬重的新教傳道家，長期在印度傳教，熟稔印度語文和歷史，不僅出版多本瑪拉雅拉姆語（簡稱瑪語，通行於印度西南部的語系）著作，更將希伯來語舊約聖經和希臘語的《新約聖經》直譯為瑪語聖經，同時也出版瑪英對照版聖經。此外，肯德爾特在印度西南部推廣教育，設立學校，發展教材，並有系統的蒐集、整理及保存在地文化。至今當地仍極為感念這位無私奉獻的傳道家，立有他的雕像，紀念他對南印度文化、文學和教育的貢獻。

赫塞的母親在印度出生，父親則是肯德爾特的學生。他們都曾在印度傳教，過著刻苦的傳道生活。後來，母親的第一任丈夫病逝，她因此回到德國，而父親也因病離開印度，兩人在外祖父經營的新教出版社結識，戀愛成婚，一八七七年生下赫曼．赫塞。由於家族與印度的密切關係，赫塞從小就接觸印度和東方文明，為日後的作品《流浪者之歌》埋下了種子。

赫塞的名字取自外祖父，沒人懷疑赫曼．赫塞將依循家族傳統，走上傳教布道之路。然而，他從小有自閉症狀，固執任性，不受管束，是個令人頭疼的孩子。十四歲時，赫塞考進德意志首屈一指的墨爾布龍修道院（注69），在神學預備學校就讀。然而，赫塞無法適應學校抑制個性的教育方式和嚴格的寄宿生活，在不斷的自我壓抑下，終日為失眠和神經衰弱而苦。半年後的某日，赫塞逕自離校，不知去向，隔天才出現在一處田野中。這段修道院求學與逃學的經歷，後來成為《知識與愛情》的背景。

赫塞離開修道院後，不斷徘徊於學校、精神治療醫院與矯正機構之間。他甚至曾借錢買槍，自殺未遂，父母把他交給以精神療法聞名的牧師治療。進入高中後，他開始酗酒、抽菸，不到一年就遭學校退學。赫塞生於世人看來潔白無瑕的神學傳道世家，卻表現得極為激烈叛逆。這段遊走於亮光與黑暗的心路歷程，為《徬徨少年時》奠定基礎。

注69：墨爾布龍修道院（Kloster Maulbronn），是德國保存最好的中世紀修道院，擁有德國最早的哥德式建築，現為聯合國文教遺產。

赫塞到書店見習，只待了三天就返回家鄉幫父親做事。一段時日之後，十七歲的赫塞在當地承包鐘樓的工廠當見習生，從事焊接、磨齒輪和鑄造鋼鐵的勞力工作。這段期間，赫塞一方面在肉體上受盡痛苦；另一方面卻因盡覽家中書籍，而獲得精神上的灌溉。

之後，他轉往離家不遠的大學城中一間書店見習。赫塞在這裡遇見一群家族的舊識，他們來杜賓根大學就讀，因此成了他銷售書籍的客戶。杜賓根大學是德國菁英學府，赫塞的外祖父就在此獲得博士學位。當初赫塞考進墨爾布龍修道院的預備學校，就是為了進入這所大學。但如今時過境遷，這段情境未來也成為小說《車輪下》的背景。

在工作之餘，赫塞全心投入閱讀，特別是莎士比亞、歌德、席勒和浪漫主義的作品，並逐漸延伸到希臘神話和尼采，這些閱讀成為日後小說寫作的養分。儘管成長的時空背景不同，你是否發現赫塞的文學之路，幾乎是循著歌德的軌跡走來，後世也稱赫塞為最後一位浪漫主義大師。

二十一歲時，他開始出版詩集和散文，但知音幾希，連母親都視之為道德淪喪之作。隔年，赫塞到巴塞爾一間聲譽卓著的古董書店任職。巴塞爾是瑞士的文化與經濟之都，這個工作不僅拓展他的藝術和文學視野，同時也讓他體認都會市儈虛偽的一面。不久，他實現長久以來的夢想，赴義大利旅行。回國後，他並沒有像歌德一樣寫了遊記，而是出版兩本義大利人物小傳《阿西西的方濟》和《薄伽丘》。

方濟（注70）生於十二世紀，義大利阿西西富裕人家，曾隨十字軍東征。後來他受到神的感召，投身救濟貧苦，服務痲瘋病患，並成立修會，是天主教著名的聖徒，即一般人所熟知的聖方濟。有一回，方濟祈禱時，神蹟降臨，應允他所祈求，領受耶穌五處傷口（注71）的痛楚，並在身上出現傷痕。方濟非常喜歡大自然，認為自然是上帝最美好的創造，人應多沉浸自然，向自然學習。赫塞在《鄉愁》中多處提及方濟的苦

注70：方濟（Francis of Assisi, 1181/1182-1226），天主教方濟會創辦人，是義大利、舊金山、自然環境的守護聖人。

注71：一班稱為五傷（Five Holy Wounds），即耶穌被釘上十字架的雙手、雙腳，以及被士兵用長矛戳刺的肋骨。

行及其讚頌自然的思想，而赫塞的義大利之旅更沒錯過方濟的行跡所至之處。

薄伽丘（注72）則是生於十四世紀的富裕之家，早年放浪形骸，縱情聲色。他的著作甚豐，多為歌頌愛情的詩作。最享譽於世的小說《十日談》，內容敘述十個年輕男女，為躲避瘟疫，到郊外一處行館住了下來。連續十天，他們每人一天說一個故事，共計有一百則。故事內容多為地方神職人員假借宗教聖職，遂行荒淫拐騙的故事。故事強化了女人的角色，正視欲望的本質，歌頌愛情的神聖，凸顯人不能盲目的迷信，而必須以智慧判斷是非善惡。由於這本書揭開教會顢頇虛偽的面貌，復而主張以人為本而非以神為中心的生活，引起極大的反彈。薄伽丘死後，不但他的墓碑被搗毀，屍骨也被挖出來洩憤，《十日談》被視為人本主義小說的起點，卻也被禁止出版長達數百年。除此之外，薄伽丘編撰希臘羅馬神話故事，也著手希臘哲學典籍的翻譯，對文藝復興的啟蒙影響甚大。

赫塞鍾情於這兩位反差極大的典型——清修濟世／人本主義——顯見其追求希伯

來主義和希臘主義兼容並蓄的理想，這又是歌德典範的傳承。

也就在兩本小傳發行的同一年，二十七歲的赫塞出版《鄉愁》，廣獲好評，成為轟動德國的暢銷小說，從此打開赫曼在文學界的空間，成為專業作家。

注72：薄伽丘（Giovanni Boccaccio，1313年-1375年），文藝復興詩人，人文主義作家。生於佛羅倫斯，，與佩托拉克、但丁其名。代表作有《十日談》（Decameron）《異教神祇的系譜》（The Genealogy of the Pagan Gods）、《名媛》（De Mulieribus Claris）。

閱讀生命的起點

對於在西洋文學門前徘徊的朋友，我常推薦《鄉愁》作為打開大門的鑰匙。

赫曼．赫塞的小說多帶有濃厚自傳色彩，《鄉愁》作為第一部，有著至為珍貴的「人生初問」，也就是在人生的各個階段初次面臨的困惑所產生的提問。譬如：我是誰？又或是成長時期萌生的自我意識，總欲脫離家庭故鄉的牽制，卻又彼此牽繫著千絲萬縷的關係，獨自踏進城市，在融入社會體系中的適應與調整；結交摯友和展開戀情所產生的生命動力、幸福與悲傷；接著透過異鄉旅行照見自我存在等等，這些都是尚未失去赤子之心的讀者，總會來回詰問的生命課題。

赫塞以誠懇的語調，娓娓道來主角的成長歷程，他的筆觸心純慮潔，文采如詩，充滿赤子之情。讀者自然而然可以卸下心防，在一面閱讀故事的同時，也會不自主的回顧自己的成長軌跡。《鄉愁》就是這麼一本充滿滲透力的書，驅使你重回自己的故鄉，藉由了解父母，回顧青春，並重新認識自己；同時也藉由與作者的對話，確認自己的取向。這是一種鮮有的心靈交流，更是一趟奇特的心靈旅行。於是，你或許從此開始喜歡穿越時空的閱讀之旅，從這一本書找到下一本書，與不同的作品對話，與偉大的靈魂溝通，悠遊於文學的世界。

《鄉愁》敘述主角在充滿湖光山色的故鄉（一如赫塞的家鄉卡爾夫）成長，但因受不了鄉下駑鈍固執的民風，因而到大都市尋求發展。他曾擁有同歡共苦、彼此砥礪的友誼，對方卻在一次事故中失去生命。他遇見心儀的女性，催化潛藏的生命動能，讓他攀登山巔採花，划向湖心與自然對話，雖然他始終和她們擦肩錯過，落得單戀的苦果，但從中悟得愛與自然之美，找到表現自我存在的筆。雖在城市裡獲得體面的工作，但發現自己無法適應商業社會的虛偽，無法成為俐落的都市人，因而終於認知到，自己留著家鄉的血液和性格，最終回到鄉下生根的故事。

《鄉愁》與《少年維特的煩惱》的異同

無論從詩歌或文學的創作脈絡來看，赫塞可說是歌德的傳人，他的多數小說，是從歌德出發所衍生的成長小說類型。以《少年維特的煩惱》和《鄉愁》為例，在這兩部小說都可看到類似的論述主題：愛情驅動生命的力量，藝術（繪畫、詩歌）深化對生命的感受，以及從大自然的奧妙發現生命的啟示等等。然而這兩部小說的創作意念、故事脈絡和主角語調卻截然不同。

從創作的意念來說，《少年維特的煩惱》藉由對自然的完美受造，萬物的和平共存，以及赤子之心的保有來吹響反抗理性主義的號角。在故事的脈絡上，當主角面對浪漫愛情與社會公平的落空後，以死諫的激烈舉動對階級歧視發出時代呼聲。他所訴求的讀者是擁有相同處境的時代青年，以怒吼打破窠臼，期待對社會產生天翻地覆的改變。因此，維特對社會公義充滿捨我其誰的使命感，發出不平之鳴，小說節奏隨之產生宣洩而下的奔放激情。此外，歌德更有形塑德國文學的強烈企圖。他在書中引用荷馬史詩和自譯的奧西安史詩，一吐胸中塊壘。從而，維特書信的對象與其說是友人威廉，更可說是針對他的青年讀者，因此語調必得高昂，表達與時代對話的姿態。

一個多世紀後，赫曼·赫塞所寫的《鄉愁》則是轉向自己，以纖細的觀察與剖析，爬梳小說主角卡蒙晉德的成長環境與背景，對人生每一階段的困惑與提問，進行一趟探索心靈深處的旅程。主角的語氣是沉靜和緩的，他追求的不是群體揭竿起義的行動，而是藉由一段段經歷，走向內心的省思，找到自己獨特的存在；藉由書寫與靈魂溝通，確立自己的根與價值。

走向自我的開始

首先他從主角家族世代生長的家鄉談起，讓我們讀幾段家鄉地理環境的特徵，如何形塑鄉人的性格，以及赫塞對於這種性格的描述——

這些岩山總是述說著相同的故事，要了解這段故事也很容易，只要看看岩山的陡峭山壁就得了。這些絕壁不知由多少的地層重疊而成，並且傷痕累累，顯得錯綜繁複，每一個岩壁上都布滿了深刻的裂痕……但是他們說這話時那莊嚴的表情及滿腹自豪的態度，猶如身經百戰的老兵傲然屹立著。的確，岩山們都是英勇的戰士，我看過他們的戰鬥……我看到每一棵樹都過著孤獨的生活，每棵樹都找出各自的枝梢形狀，映著固定的影子。他們都是隱士同時也是戰士，就這兩點而言，他和山很類似……有的樹幹像蛇一般糾纏在凸出的岩石上，和岩石互相推擠互相揪打。樹木們好像一群喜歡戰鬥的男人一般，目不轉睛的瞪著我，喚起我心底的恐怖和敬意。

我故鄉的男男女女也類似這些樹木，身體健朗，不愛講話。緘默的異於常人。所以在我眼中，在我腦海裡，他們都和那些樹木、岩石一樣，我對他們的愛也正如對那沉穩的松樹一般……

全村的人都幾乎有這種類似的親戚關係，住民的四分之三都姓卡蒙晉德。「卡蒙晉德」之名支配著教會記錄的每一頁，占領墓地十字架的絕大部分。家家戶戶的房門口，都用油彩或粗陋的木刻，畫上這個名字……這個地方的一切，完全聽憑大自然的意志，人們所努力的範疇非常狹窄。長年累月下來，這逐步走向衰老的民族，在生活上逐漸摻入憂鬱的感情。這種憂鬱的情感雖然和他們那令人望而生畏的相貌很不相稱，但除此之外，也沒有帶來任何些微的成效。至少，沒產出任何值得歡樂的果實。（注73）

赫塞以在地人的姿態但帶有距離的觀察，描述他對鄉人的看法，頗有一種非我族類的嘲諷，一種從未隨時代演進而進化，死守鄉土的僵固性格。然而，談到他的父母，他卻能梳理傳承的家族血氣和性格特質——

注73：陳曉南（譯）《鄉愁》，志文出版社，頁22-26，〈第一章〉。

我主要的特質遺傳自雙親。來自母親方面的是謙沖的生活智慧，對神的稍許信賴心，沉默寡言的性格。得自父親方面的是，難以撼動的命運之神光臨時的不安感，不善理財，豪飲的酒量……以生活本能而言，我雖然具有受自父親和我們種族農人氣質的精明機警，同時也有暗鬱個性的一面，趨向深沉的憂鬱。後來，當我決定遠走他鄉，長年周遊各地以度此生時，才覺悟到涉世時應該以活潑爽朗的態度來取代黑暗憂鬱，才是辦法。

總之，我攜著受自父母的這些特質，以另一副新面目，踏上人生的旅程。涉世後，我發現自己的性格在世上既站得住，也行得通，總之就是還可以適用。反而在做學問方面和實際生活的體驗方面，總有些不能領會的地方，這才是我終身所欠缺的東西。即使現在，我還能像往日一樣，可以征服高山峻嶺；可以耐得住十個鐘頭的行軍和划船；必要的話，也可以空手打死一個大男人，但是就無法變得八面玲瓏，樂天知命。這點，過去和現在都沒絲毫改變。（注74）

一般人大多低估遺傳基因的堅韌影響力。

原因除了個人難以客觀看待自己以外，對於遺傳的看法多局限在外貌體型特徵，而對於性格心態的影響則少有深究。更多的人相信工業、科技、資訊等改變時代樣貌的外在力量，早已超越遺傳力的支配；也就是說，在快速變化的現代時空下，期望透過教育改造和人脈連接，快速攀爬社會階層，獲得功成名就。因此，擺在年輕人面前的是成功的階梯模組，程式化的指標。然而人的內在獨特性被蔑視輕忽，追求表面的榮景永遠抵不過內心的空虛徬徨。

在這裡，我要強調的是，認識自己的個性與獨特之處至關重要，由此找到脫離世俗的單一標準或枷鎖，選擇一條依著熱情本能發揮才華，同時能夠找到內心平靜的道路，或許才是這個時代的追求。《鄉愁》主角彼得．卡蒙晉德（Peter Carmenzind）在

注74：陳曉南（譯）《鄉愁》，志文出版社，頁39，〈第一章〉。

離開父母，遠離家鄉後，反而能照見自己的靈魂和心靈的呼喚；尤其在孤獨、挫折與反省之中，家鄉的風土與父母的印記不時浮現，進而發現自己的才華，在踉踉蹌蹌的成長路上逐漸找到自信，也尋獲心靈的寧靜。

一位為美國企業提供人力資源的顧問（注75），在分析龐大的資料後發現，無論客戶當事人與父母的外顯特徵或所處環境差異多大，其性格特徵、行為反應模式，甚至是成就動機、挫敗因素，乃至於價值觀的選擇，有近乎七、八成的近似程度。因此，當她接受委託案後，第一件要客戶做的事，是請他們親自訪談父母親的一生歷程。她所提供的訪談清單鉅細靡遺，包括：成長環境、家庭關係、求學過程、愛情的追求與伴侶的相處、職場成就與挫折，重大事件與轉折、個人性格的剖析與認知等等。訪談的目的，是為無法看清自己的當事人，提供瞭解人生樣貌與軌跡的預示，進而協助自己找到適合發揮的面向與道路。

在藝術創作上，有一種常見的類似說法是：「每個畫家都畫自我」；同樣的，在文學上也有「每位作家都寫自己」的現象。由於個人獨特的存在，作家能夠依自身心靈找到一個獨特說話與寫作的方式。綜觀赫塞的小說故事各異，主角背景特徵也明顯有別，卻都充滿成長時期所面臨的挑戰與反思，反映靈魂的探索、存在的面向與掙扎、人性價值的實踐。讀者在閱讀文本的同時，也會自然而然的閱讀自己的生命。這是赫塞獨特的磁吸力。

《鄉愁》讀起來有如靜悄悄漲潮的海水，緩緩滑過我們的雙腳，也逐漸浸潤我們的心房。赫塞的作品之所以能如此讓我們放心的沉浸其間，是因為他毫不保留的剖析自我，透過小說人物，以愷切的態度娓娓述說那些美麗與哀愁，掀開內心最底層的不堪與傷痛。要做到這點並不容易，因為與生俱來的虛矯或驕傲，會強烈橫阻自己的坦誠。對赫塞也是如此。

注75：D. A. Benton, June 2000, The Secrets of A CEO Coach,Your Personal Training Guide to Thinking Like a Leader and Acting Like a CEO , Mcgraw Hill)

人類和其他自然物的最大差異，在於人體上緊附著說謊的黏膠，我所認識的人幾乎都有這種現象。這大概是大家都勉強要求自己表現一種定型，而忘卻各自所具的個性本質的結果，連我自己也不例外。孩童中也能夠發現到，對於其他一般人，這種膠尤其重要。他們不管是有意識或無意識，總不願讓人到本能所趨的赤裸裸的心，而是想表演某些戲。（注76）

由於《鄉愁》主角卡蒙晉德有著憂鬱自閉的傾向，他只要離開家鄉，便出現強烈的異鄉人特質，顯得與環境格格不入。因此，赫塞必須找到一種對話的方式來寫這部小說，形塑主角清晰生動的個性樣貌，讓讀者感受深刻的心靈激盪，否則通篇容易流於顧影自憐的喃喃告白，無法讓作品產生趣味盎然的閱讀樂趣。

赫塞究竟如何讓讀者認識憂鬱而自閉的主角卡蒙晉德，進入他的內心世界、感受深刻而誠摯的情感？他的方法是讓主角和自然傾談，產生詩的文采。這是《鄉愁》的魅力所在，也是下一節的主題。

傾談自然、詩的文采

讀過《鄉愁》的人，都會陶醉在赫曼．赫塞如詩般的文采，更對他所描繪的自然，以及讓自然與內心對話來呈現主角纖細善感的心境而感到動容。作家彰顯自然的美好固然是反理性主義——狂飆突進和浪漫主義——的延續，但形容自然像是親人伴侶而產生親暱的對話，我判斷是受到方濟的影響。赫塞在出版《鄉愁》的同年，也出版《聖方濟》小傳，此外，赫塞更讓《鄉愁》主角卡蒙晉德熟練背誦聖方濟歌頌大自然的詩篇《太陽之歌》。在進入鄉愁的詩句之前，我們先一覽方濟相關事蹟，探討影響赫塞的具體內容。

注76：陳曉南（譯）《鄉愁》，志文出版社，頁153，〈第七章〉。

方濟的遺產

方濟是天主教史上極受推崇的賢者，世人對他的認識，多集中在放棄優渥的生活、服務痲瘋病患、救濟貧困、感受五傷神蹟，提倡清修的苦行。但可能不太為世人所知的，是他對文藝復興的啟蒙所產生的關鍵影響。更精確的說，方濟的死孕育了文藝復興的種子。

方濟活躍於中世紀晚期（一一八一～一二二六），由於生平事蹟受到羅馬教會極高的肯定，在他死後兩年迅即封聖，他的聖墓教堂——阿西西的聖方濟大殿也隨之興建。教堂建築陸續完成後，起造者聖方濟會延請藝術工匠來製作壁畫，描繪方濟的生平。此前，教堂或公共場所出現的聖像，多屬年代久遠的聖經人物、教會聖師或四世紀前的殉教徒，有著神聖不可侵犯的形象。由於幾乎被視為不可侵犯的神，所以形式很類似廟宇偶像。這些繪畫及雕刻，缺乏藝術上自由揮灑的表現，也沒有生動的儀態。

但後來情勢不同了！方濟去世未遠，鄉里長輩對方濟的為人與善行記憶猶存，甚至津津樂道。再者，受邀製作壁畫的中世紀藝術家，漸有突破僵化的聖像傳統、擺脫死板嚴肅的拜占庭風格的想法；他們以當代人物、服裝、建築為本，以生動寫實畫的筆法與色彩，畫出一件件方濟將慈善行為注入信仰生活的溼壁畫，為長達近千年的中世紀藝術沙漠，澆灌出第一批花朵，開啟文藝復興原型時期的藝術。受託在此作畫的契馬布埃和喬托（注77），成為開拓文藝復興繪畫的第一批藝術家。這是方濟生前未曾想過對未來藝術發展的影響。

除了間接孕育文藝復興藝術外，方濟的另一項遺產來自於他對於大自然、動物和鳥禽的喜愛。在一二二五年間，方濟因五傷和眼疾而隱居在阿西西附近的茅屋。他的雙眼幾乎失明，又常被野鼠折騰。即便如此，他仍深愛著大自然。這段期間，他寫下著名的《太陽之歌》。在這篇詩歌中，方濟稱太陽、風、火為兄弟，視月亮、星辰、

注77：喬托（Giotto di Bondone，1267—1337）是義大利文藝復興原型期的藝術開創大師。契馬布埃（Giovanni Cimabue，1240-1302）是喬托的老師。

水為妹妹，而大地則為母親般的姊姊。讓我節錄其中一段：

我主，願你因著你造生的萬物，
特別因著太陽兄弟而受讚頌，
因為你藉太陽造成白晝而照耀我們。
太陽是美妙的，它發射巨大光輝，
至高者，它是你的象徵。
我主，為月亮妹妹和星辰，
願你受讚頌！
你曾願造化它們於天上，它們光明、珍貴而美麗。
我主，為了風兄弟，
又為了空氣和白雲，
晴朗和各種氣候，

願你受讚頌！

因為藉著它們，你使你的受造物得到撫慰。

我主，為了水妹妹，願你受讚頌！

它非常有用而謙虛，

珍貴而貞潔。（注78）

方濟雖然視力衰減，身體耗弱，但是他用心靈感受自然的光輝、美麗和貞潔。有別於以拉丁文著述的傳統，方濟以溫布里亞方言寫成，以傳達誠摯的情感。這項創舉，比薄伽丘以佛羅倫斯方言寫《十日談》（一三四九～一三五二）早了一個多世紀。此外，方濟似乎對動物有跨界的溝通能力。傳說在溫布里亞的城市古比歐（Gubbio）曾出現一隻會攻擊人的狼，方濟挺身而出與狼溝通，他對狼允諾居民會固定餵食，而達

注78：嚴繆（譯）《聖五傷方濟言論集》（第四卷），思高文庫。

成和平相處的圓滿結果。另有一個著名的事蹟是，方濟看見鳥兒時會試著和他們說話，追述者形容是對鳥傳教。以下是摘自《聖方濟的小花》中，方濟對鳥兒說話的段落：

我的兄弟，鳥兒們，你們必須時時處處感謝你們的創造主——天主。因祂給你們力量，你們才能飛到任何地方去，因為祂以兩三重的美麗衣裳裝飾你們，讓你們登上諾亞方舟，以免你們種類減少。還有，你們必須感謝祂為你們所創造的清純空氣。你們不播種不收割，天主也給你們食物，給你們河水與泉水；給你們護身的山谷，給你們做巢的高大樹木。你們不會紡織，天主卻給你們和你們的孩子衣裳，哦，天主多麼愛你們！創造主給你們這麼多恩寵！所以，我的兄弟呀，不能忘恩負義，要經常讚美主。

赫塞的傳承

為方濟作傳的赫塞對他知之甚詳，也影響赫塞著手寫《鄉愁》的語調，一種與自然傾談的態度。赫塞延伸了方濟對自然的親密口吻，呈現自然的多重身分與面向，充滿活潑生動的對話，展開多姿多彩的意象。一開始，赫塞形容自然是亙古以來一種神的統合概念，是人窮極一生也無法領會的。因此，他只能先透過仔細的觀察，試圖描繪自然各個局部的型態與特徵，拼湊出祂的象徵和意涵。

我們來看赫塞如何描繪雲的樣態：

雲，很淘氣，可供眼目之娛；雲是祝福的象徵，是神的寵物。雲也有生氣的時候，有致人於死的力量；雲，像剛生下的乳嬰一般，柔軟、纖細而安閒；雲，像好心的天使一般，美麗、豐盈、經常施惠凡塵；雲，像帶來死亡的使者，滿副陰森、鐵面無私的臉孔，使人沒有逃遁的餘地；雲，有時形成薄薄的一層像鑲著金邊的銀色鐵網；在天空馳騁，有如純白色的帆；有時又塗上黃、赤、青等顏色，沉靜的休息著；雲，好像渾身上下一律黑色打扮的一批殺人兇手，悄無聲息的緩緩逼近；雲，帶來呼嘯聲在頭頂上迅快的奔跑，剛以為他像是策馬疾馳的騎士，他卻倏然靜止下來，像個被世界所遺棄的人，沉鬱的站在高不可攀的地方，浮現出感傷、夢幻般的神情。雲的形態，如同許多的仙島，像天使，像飄揚的船帆，像一隻優閒的白鶴。（注79）

赫塞將雲比擬為具備希臘神變化莫測的形態後，也從雲夾處在的天與地之間的位置，進一步刻畫雲的尷尬處境：雲並非具備完全的神格，而是介於神與人之間的某種不確定靈魂，比喻人所面對的挑戰與掙扎。

雲，在神所在的天堂和貧瘠的地面間飄蕩，同屬於兩方，同時也是世人所憧憬的美的象徵。地上的人冀望將自己污穢的靈魂藉聖潔的天堂而澄清，雲，就是這種地上夢想的具體表現。雲是所謂優閒、探索、願望、懷鄉的永遠象徵。正如雲戰戰兢兢的以憧憬和反抗兩種截然不同的心境，在天地之間飄盪，人的靈魂同樣也是戰戰兢兢的以憧憬和反抗之情，飄盪在「時間」和「永恆」之間。（注80）

在聯繫雲和人的共通性之後，作家更近一步闡釋主角和雲之間的關係，有如姊妹或女友般的親密，他們彼此吐露心事，也分享他人所不知的喜悅和憂愁。

呵！雲喲！美麗又飄浮不停的雲喲！我雖然是懵懂無知的小孩子，卻非常的喜歡妳。我雖然經常看到滿天的雲彩，但是不知我的人生是否也能像雲一樣的悠遊自在？是的，我的一生也像雲，經常生活在流浪中，不論身在何地，心裡老覺得不習慣，真正是在時間和永恆之間飄蕩著。打從孩提起，雲就是我的女朋友，我的姊妹，不論到何地去，我們都會相互頷首招呼，或交換一個眼色。還有，當時，我從雲那裡所學到的東西，也使我畢生難忘。諸如雲的形狀、色彩、表情以及她的舞蹈、遊戲、休憩的姿態等，她更告訴我許許多多連天地也夾纏不清，世俗引以為奇異的故事。

注79：陳曉南（譯）《鄉愁》，志文出版社，頁33-34，〈第一章〉。
注80：陳曉南（譯）《鄉愁》，志文出版社，頁34，〈第一章〉。

從這些充滿誠摯而生動的描述，我們可以感覺到孤獨的卡蒙晉德在大自然找到生命的庇蔭之所，覓得靈魂夥伴。作家將主角與自然做了超乎一般經驗的緊密連結，他們彼此對話，時而合而為一，時而互為表裡，讓敘事口吻展現耳目一新、異常親密、豐富多變的傾說風格。

再舉一個方濟的例子，說明受到病痛折磨的他展現對自然真摯的愛。

方濟在茅舍中接受治療，據說醫師必須在他額頭烙上熱鐵才能減緩症狀。他不僅能忍受劇痛，還在《太陽之歌》讚頌火，想必是因為自然所帶給他的愛與安慰早已超越一切。

我主，為了火兄弟，願祢受讚頌，
祢用它光照黑夜，
它英俊而愉快，
勁健而有力。

到了二十世紀，人本色彩更為濃厚的赫塞，將自然視為人生哲學的解答。在此，我用一個藝術的觀點來說明赫塞的創作意念。如果說，人物肖像畫的終極追求是靈魂的呈現，而自然風景畫捕捉的是浩瀚宇宙的變化萬千，這兩者都訴諸永無止境的理想。若我們把《鄉愁》的所有篇章當成是一系列的人物風景畫，那麼執筆的赫塞便是試圖讓自己和讀者的靈魂接觸深邃的宇宙（即自然），讓那些令人目不暇給的各種樣貌，觀照靈魂的動態，給予預示，並在其永恆的萬象空間提供慰藉與滋養。

因此，大自然也為終生受憂鬱症所苦的卡蒙晉德（赫塞）帶來慰藉——

我愛自然一如愛自己，我常貫注全神聆聽大自然所發出的神妙聲音，就像正在吃力的傾聽外國朋友或旅伴的話語那樣認真。這樣雖不能治癒我的憂鬱症，但卻可使人趨於淡泊寧靜的心境。我的耳目變得很敏銳，可以辨別各種聲響和色調的微妙差異。我熱切希望有一天能夠明確的聽出一切事物的心臟跳動，了解他們的心靈，以詩人的詞彙將之表達出來，如此，也能讓其他的人與他們互通心聲，充分了解產生精力、純樸和寧靜的泉源所在……我說不出這事情給我黑暗的人生帶來多少慰藉，帶來多少蓬勃的朝氣。這種沉默的愛情，永不枯竭的愛情，是世上最崇高、最幸福的。但願我的讀者中，能有幾個人——不，即使有一、兩個人已經很足夠，由本文的刺激而習得這種受惠無窮而純摯的本事。（注81）

這說明自然不僅是赫塞因成長於風景秀麗的家鄉，因而對流浪他鄉的主角產生自然象徵永恆的「鄉愁」而已，他更要藉由他的筆，傳訴自然就是人生哲學的居所，也是生命的本體。關於這一點，赫塞藉著主角卡蒙晉德對讀者做出赤裸的告白：

我最大的願望是想寫出純文學作品。我想告訴世人：自然界中有著廣闊而沉默的生命，以及親近他們的方法；我要告訴世人；我們雖投入森羅萬象的生命中，聽著大地的心臟跳動，成天為日常生活的瑣碎事物爭逐推擠，但卻不可忘記，我們並不是神，不是以本身的力量而形成，我們是大地和宇宙所孕育出來的子民，我們也是其中的一分子。我想告訴大家：山川、海洋、行雲、暴風雨等，正如詩人的謳歌或夜晚的夢幻一般，都是人類憧憬的象徵和支柱。那種憧憬在天與地之間張開翅膀，它的目標，它的信念，是要一切的生物，在永恆的世界中取得公民權……

另一方面，我也想告訴世人，必須愛自然一如兄弟，才能找出快樂的泉源和生命的力量。傳授大家以觀察和旅行的方法，去享受人生。我想讓諸位去聽聽山川、海洋，或綠島具有絕對蠱惑力的道白；去看看形形色色的生命，在你們的家或鎮郊，每天都能看到盛開的鮮花和湧不盡的甘泉……我更要告訴各位，連像我這樣孤獨而拙於處世的人，也能體味到世上許多難忘的樂趣，因此，我衷心祈願，

注81：陳曉南（譯）《鄉愁》，志文出版社，頁129，〈第五章〉。

也許比我更幸福快樂的你們，更能在自然界中挖掘到更大的快慰。（注82）

《鄉愁》全書優美如詩，讀來如同遊歷一趟心靈洗滌之旅；成長的少年經歷挫敗斲傷，回到家鄉，重拾完整的自己，應該是一部純情無害的作品。然而，讀完全書後，心底卻升起一團深層的、寧靜的、無以名狀的嘆息。用更淺白的方式形容，就是這部作品固然帶來慰藉，卻也會產生一股不小的後作力，久久不去。那是什麼造成的？赫曼．赫塞是怎麼做到的？讓我們一起來爬梳解密。

難以言宣的嘆息——鄉愁的文本脈絡

在典型的成長小說裡，少年遭遇猛然的攻擊，承受椎心刺痛的經歷，他手腳生嫩的在驚滔駭浪中載浮載沉，吞下嗆痛的教訓。在拍打求生的過程中，發現了殘枝浮木，拼湊成筏，而逐漸能航行於汪洋世界。但是這套歷經劫難必有幸福果實的寓言，在波特萊爾體認到「世界繼續前行只是個誤會」（注83）後，已經幻滅。也就是說，人類以為彼此能夠齊心協力以理性解決問題，追求進步，但物質文明和科技的力量，並不能確保人類的福祉與心靈的豐富；世界以更詭譎、斷裂而不可預測的面貌出現，個人透過成長的挑戰以迎接幸福未來的承諾，早已經不起考驗，而成為浮濫的心靈雞湯。

注82：陳曉南（譯）《鄉愁》，志文出版社，頁150~151，〈第七章〉。
注83：胡品清（譯）〈我赤裸的心〉，收錄於《巴黎的憂鬱》附錄三。志文出版社，頁195。

作為二十世紀小說家，年輕的赫塞了解到人生的關卡，不會因為經歷千錘百鍊，造就一身功夫後而逐漸減少。既然作為純樸固執的鄉村年輕人，不比都市人的隨波逐流和老練世故，倒不如堅持理想，勇於作夢，迎向不可知的未來。他明瞭，痛苦與磨難不會過去，只是潛入更底層的世界，在某個共振的時刻到來，它會毫不猶豫從地心竄出；傷痛不會減少，只是漸漸接受了它。這是《鄉愁》的基調，也是書在出版一個世紀後，仍帶給現代讀者沒有距離的撫慰。

傷別離

當卡蒙晉德面臨親人摯友的死亡或鍾愛對象另有所屬而產生重大的打擊，赫塞總是靜謐輕聲的走進慘痛事件的現場；在衝擊之後，小說主角的內心並沒有如預期的產生強烈氣旋，醞釀情緒風暴的宣洩，讓我們一起經歷典型的衝擊與療傷過程，亦即震驚——反抗——憤怒——悲傷——接受——和解的階段。赫塞只遣用三言兩語帶過當下的悲慟，便選擇離開出走，不免給讀者一種傷口尚未結痂，卻已開始搔癢的不暢快。

我舉幾個例子。首先是少年在家鄉時，遭逢母親過世的經過。

無意中，我的視線停在伸出被單外母親的兩隻手。這雙手宛如一對熟睡的姊妹一般靜靜的擺著。這一雙手異樣的疲憊、鬆軟無力、完全不像是活人的手。我突然醒悟，莫非母親已經去世？也忘了喉嚨的乾渴，就把膝蓋靠在床邊，把手放在她的額頭上，翻翻她的眼皮，好不容易她的眼神才稍轉清澄，然而似乎已經完全不知道痛苦，並且瞬即又消失。父親在她旁邊發出呼呼鼾聲酣睡著，我也忘了把他叫醒，就那樣跪了將近兩個鐘頭，定定注視母親的去世。母親終於莊嚴、沉靜、勇敢的接受了死亡……在母親眼神消失的那一瞬間，我挨進她的臉頰吻著她業已冰冷的嘴唇，就我記憶所及、這是我生第一度吻她。這時，突然心裡一陣激動，坐到床畔時，豆大的淚珠不禁撲簌簌的滾落，流到雙頰、下巴、手上。（注84）

注84：陳曉南（譯）《鄉愁》，志文出版社，頁56~57，〈第二章〉。

接著卡蒙晉德叫醒父親，他們一起辦了喪禮。在回顧家鄉景色後，他決定離開家鄉，進入大學就讀。出發前，他偕同父親去酒館痛飲一場，作為成年的儀式。

在異鄉，他結識了一位俊俏熱情、多才多藝的利夏德（Richard），兩人成為至交。他們一起登山、旅行，暢談文學、詩歌與藝術，利夏德還私下拿卡蒙晉德的短篇小說投稿，讓自己驚喜收到人生第一個稿費。他們彼此都認知，兩人一生相互需要，也相互信賴。然而，在一趟結伴長途旅行中，兩人短暫的分離竟成永別。卡蒙晉德突然收到好友在河流溺死的噩耗。

他出殯埋葬時，我也沒在場，因為他躺在地下幾天後我才接到這個消息。我躺在床上嚎啕大哭，以最惡毒的字眼狠狠的咒罵神和人生。到此為止，我還未能清楚意識到「友情」是我那幾年來唯一的收穫。如今，連這一點點都也消逝了。

許許多多的回憶每天向我逼來，幾乎令人窒息，我實在無法在這鎮上住下去了。（注85）

之後，卡蒙晉德去大都會工作，在塵世間沉浮飄蕩，從酗酒到加入戒酒團體。不過，都市的一切與他個人之間有著巨大的鴻溝，充斥著疏離的味道。在巴塞爾，他認識了一位氣質脫俗的女孩葉莉莎蓓。幾次交談後，他深受對方吸引，將她作為結婚對象來交往。在一個沙龍場合裡，葉莉莎蓓熱情的歡迎他，兩人毫無隔閡，令他感到幸福的憧憬就在眼前。過了幾天之後，他們再度重逢，他心裡已做了邁入下一步的準備。

我們不知道從什麼話題談起，葉莉莎蓓順便提到她最近訂了婚。我對她說些祝福的話，她把未婚夫介紹給我認識，我也向他祝福，整晚，我像個家有喜

注85：陳曉南（譯）《鄉愁》，志文出版社，頁107，〈第四章〉。

事的長者，臉上的笑容始終不曾消逝，那種笑，彷彿為我戴上一副假面具，著實煩膩不堪。分手後，我沒有上酒館也沒有跑進森林中，只是躺在自己的床上，怔怔的注視著煤油燈花，等到油盡燈滅，散出一股臭味，才驚醒過來，痛苦和絕望再次張開它巨大沉重的黑色翅膀，罩在我的頭頂上，我顯得那麼渺小無力，幾乎被壓得粉碎。接著，像小孩子那樣的嚎啕大哭了起來。

之後，我把行李裝進背囊，等候天亮後向車站出發——回故鄉去。（注86）

當讀者陪著卡蒙晉德經歷這些猛烈襲來的風暴，可能還耽溺於傷悲，沒做迅速抽離的準備，但卡蒙晉德卻已收拾行囊，打包離去。因此，初讀《鄉愁》的類似關鍵情節，可能會覺得錯過了什麼，想要翻回前頁，找尋未盡的段落。然而，隨著主角的離開，讀者也不得不跟著展開下一段旅程。《鄉愁》的節奏明快，少有情緒氾濫的堆砌，讀者捧書在手就放不下，這是作者的高明之處，也為二十世紀小說立下鮮明的特色。

自然與靈魂對話

然而，在簡單帶過風暴時刻，離開傷心地轉換人生場域的安排下，《鄉愁》何以能散發具有穿透力的感傷，卻又能夠感受被安撫的溫暖？我認為，作者明白風暴來襲時，人所承受的一切，必須藉由情緒的抒發來緩解，形成一個有機的吞吐與分解的機制，否則當事人難以回到正常的狀態；但如果作者對於事件發生的風暴作細微的觀察與書寫，固然達到逼視現場、血脈賁張的效果，也容易流於情緒的洩洪，剝奪讀者想像的空間；即便作者遣用精準的詞彙和精緻的文采，恐怕也只是增添惱人的乾澀鈸響。

赫塞的處理方法是，讓主角離開傷心現場，進行下一個階段的歷練（這也是成長小說常見的結構安排）。其後在大自然療傷，展開心靈的對話，聽聽心的聲音，找尋人生的方向。因此，姑且不論作品的時代背景與訴求策略各有不同，對比《少年維特

注86：陳曉南（譯）《鄉愁》，志文出版社，頁134，〈第六章〉。

的煩惱》，《鄉愁》處理青少年成長歷程的轉折與反思，顯得更為細膩深邃。

譬如，在母親過世後，卡蒙晉德離家上大學，在異鄉湖畔的夜晚，他見景生情，看清自己帶著故鄉人騷動憂鬱的性格，無論到哪裡都不會改變，也就逐漸習慣，接受自己；漸漸的，他也發現，幼時的成長經歷讓他對充滿寓意的自然，有著異於常人的觀察和解讀，因而思索出未來可能的方向。

我在靈魂的明澄鏡面，偶爾會投下一抹憂鬱的陰影……不久我逐漸習慣這種憂鬱，我對這種憂鬱也不覺得有任何痛苦，在整個心靈不眠不休、精疲力盡的狀態下，反而感到有一種獨特的甜蜜味道。午夜，當憂鬱來襲時，乾脆不做睡眠的打算，倚在窗邊眺望湖上如墨的流水，觀望青白色天空中輪廓分明的山巒剪影，和閃爍夜空的美麗星星，我彷佛覺得美麗的夜色都在對我凝視，並一致予我責難，心湖中不由蕩漾著甜蜜的感覺。我常常想：莫非星星、群山、小湖在告訴我它們的美麗以及難以言宣的存在苦惱？急切指望世上出現個能以文

字將之表達出來的人？那個人莫非就是我？以文學形式表現奧妙的自然不正是我的天職？（注87）

同樣的，在他獲知心上人葉莉莎蓓已有婚約之後，轉赴各地旅行。不知不覺間，他回到蘇黎世。早先在葉莉莎蓓之前，他對一個女孩傾心，兩人在湖上划船。來到湖心時，兩人相約交換祕密，女孩告訴他有一個心儀的對象，讓他頓時語塞，一段新的戀情尚未展開就已結束。現在，他獨自一人來到湖上，時移事往，胸口隱約感到微微刺痛。但是，他的感懷很快就被天上浮雲所吸引，轉換為人生一幕幕回憶，他發現，自己的摯愛仍是葉莉莎蓓，口中不自覺的哼起詩歌：

注87：陳曉南（譯）《鄉愁》，志文出版社，頁79，〈第三章〉。

葉莉莎蓓喲！
妳像懸掛空中的白雲，
那樣明澄、美麗、遙遠。
妳也許不會留心雲的飄盪，
然而，在夜幕深垂的午夜
它也會飄進你的夢境中。
流雲散發幸福的光輝，
妳，一如白雲，
令人想起甜蜜的鄉愁。（注88）

化憂鬱為治療傷痕的筆

一開始，母親去世後，卡蒙晉德來到異地，多了與自己相處的機會，接受內在憂鬱的性格，並發現透過文學寫作以表達「難以言宣的存在苦惱」或許是未來的方向。現在，經歷幾次情傷，他明白心中鍾愛對象，雖然永遠不可能擁有，但是他將思念愛慕寄託於靈魂的象徵——雲，並化為美麗的詩，將情懷轉化為對家鄉的愛。也就是說，卡蒙晉德的傷痛蛻變為憂鬱，成為性格的一部分，但他沒有因此墜落。雖然憂鬱不會消滅，在餘生中不斷累積和滲透，但是他能用自己的筆，把受傷產生的膿包給刺破，讓傷口漸漸癒合，雖然留下疤痕，但也寫出獨特的存在，成為撫慰的力量；它敲擊了現代讀者共鳴的心弦，讓我們不自覺的沉入其中，思索成長來時路上遺失的線索，試圖找到與世界的頻率，讓靈魂和宇宙重新對話。

注88：陳曉南（譯）《鄉愁》，志文出版社，頁162，〈第七章〉。

第四卷

#赫曼・赫塞

徬徨少年時 初版 1919

寂寞心靈之旅
走向幽暗世界

命運的鬥爭與追尋

無論從哪一部作品開始接觸赫塞，很少讀者會錯過《鄉愁》，以作為掌握作品脈絡的入門鑰匙，接著依出版序列閱讀《車輪下》（或譯《心靈的歸宿》）、《生命之歌》等等。這些作品，可以說是延續歌德《少年維特的煩惱》以及《威廉．邁斯特的學習年代》所代表的狂飆突進、浪漫主義和成長小說的特色，以詩歌的詠嘆讚美自然和愛情，對人生和宇宙充滿理想；無論故事結局好壞與否，總能堅持感受重於理性，重視陶養所孕育的獨特存在。行筆雖有憂鬱，但在深刻的苦惱下，總能讓人品嘗到生存的甘美滋味。這是許多讀者喜歡的赫塞。

然而，到了《徬徨少年時》，赫塞慣有的溫柔語調轉為冷冽的質疑，詩歌與自然消失無蹤，對未來的嚮往被叛離取代，讓許多讀者感到不適應，覺得赫塞變了一個人。相反的，有一類人會喜愛這本書；他們經常偏處一隅，不習慣與人群相處，對社會感到疏離，不理解世人意見為何多與自己相左，總是踽踽獨行，不追求孤獨但終究還是孤寂的人。他們會在這本書找到知音，赫然發現世間的道路上並不完全寂寞。孤獨者赫塞身體力行，在灰色寂寥的世界，試著點燃風中的蠟燭，讓自己勇敢的活著走下去。

除了不是一部迎合大眾品味的作品，《徬徨少年時》埋藏不少難以解讀的隱喻，讓當時多數評論名家絆倒。他們要不只刮得敘事表面的紋路，以自身曾有的孤獨灰暗處境自況；要不就是對基督教信仰和早期發展史了解有限，以致對小說意涵產生嚴重誤判，得到與作品脈絡完全背離的評論。因此，一般讀者難以窺探小說的全貌和深義。

這是一本掙扎轉型之作，反映赫塞成長歷程所遭遇的家庭、信仰、教育、求學、友誼等種種危機，折射出歐洲個體的沉痾劇痛。且讓我從赫塞的叛逆時期說起。

書寫背景與定位

赫塞成長於傳道世家，走上布道之路，似乎理所當然。但他從小就顯出叛逆個性，面對學校填鴨式教育和嚴格的寄宿生活卻不斷自我壓抑，導致失眠和神經衰弱。在經歷逃學、自殺和輟學之後，父母終於放手讓他走自己的路。赫塞在工廠做粗重的體力活，返家則閉門閱讀豐厚的藏書；之後他轉往不同書店工作，一面擴大閱讀範圍，一面寫詩和散文。此時，他對於神學、歌德、席勒和尼采等人的作品涉獵漸深。一九〇四年，二十七歲的赫塞出版《鄉愁》，廣獲好評，讓他從此成為專業作家，只可惜母親已於兩年前病故，並未見證兒子的成就。

這是他人生的第一個豐收期，赫塞結了婚，搬到德國南部，一個風光明媚的湖畔小村——蓋恩霍芬（Gaienhofen）。赫塞在這裡完成《車輪下》和《生命之歌》。不過，他與妻子的相處卻出現裂痕。幾年後，赫塞遠赴南洋旅行，足跡遍及緬甸、蘇門答臘、婆羅洲、斯里蘭卡和新加坡。他原想藉著旅行抽離痛苦，試圖藉著實地接觸佛教和神祕學來治癒受創的心靈，但未能如願。回來之後，舉家搬遷到瑞士伯恩。

一次大戰爆發時，赫塞投入德國陸軍陣營，在俘虜營擔任看護志工。他公開呼籲歐洲是命運共同體，應以愛取代仇恨，而非相互殺戮，這種和平主義的呼聲，受到愛國媒體嚴厲批判，視為不受歡迎的人物。大戰進行到一半，父親去世，兒子馬丁病危，妻子陷入知覺失調，赫塞自己也罹患憂鬱症。而他的憂鬱或可解讀為一場自我與歐洲成長轉折的痛苦症候。

戰爭爆發前，歐洲處於理性時代與工業革命發展的繁榮時期，人們對未來充滿樂觀的期待，法國「美好年代」可以視為其中代表。當大戰開始，各國年輕人紛紛在政府號召下投入戰場，原以為這場戰事可能在短短幾個月內落幕，但沒想到戰事不斷擴大蔓延，死傷人數急遽累積至千萬。面對殘破家園的歐洲年輕人，開始對於父母、學校、教會、政府等的建制思想感到憤怒，也開始重新檢視自己所受的教育和價值觀。

在這氛圍下，赫塞接受著名的心理醫生榮格（注89）的醫治。榮格從小生活在基督信仰的環境，但後來發現身為牧師的父親喪失真誠的信仰，無力面對現實生活，只能講述空洞的神學教條，因此對基督教非常失望。在他轉向他處尋求答案的過程中，藏傳佛教、易經和煉金術都引起榮格的興趣，因而對意識和無意識的心裡狀態深入研究。之後，他受到佛洛伊德極大的影響，對猶太教和基督教大加批判，也開始對夢進行解析，作為精神分析與醫療的依據。

赫塞與榮格成長環境相近。他們都來自牧師家庭，與父母關係緊張，同時也都對東方的宗教和神祕思想有所研究。經歷數十次的治療，兩人結為好友。這段期間，赫塞大量吸收佛洛伊德和榮格的學說，對精神分析產生興趣。他不僅藉以進行一趟自我探索的歷程，也反思歐洲人盲目跟隨社會流潮流與群體意志的社會價觀。赫塞指出，雖然人們認識到自己的獨特性，但面臨毫無人性的爭戰，卻沒有深刻的自我覺醒，才會發生瘋狂的歐戰殺戮。短短四年間，數不清的生命在戰爭中結束，他想為這場慘絕人寰的戰事找到必然發生的意義，否則一切都是枉然。

注89：卡爾・榮格（Carl Gustav Jung，1875-1961），瑞士心理學家、精神分析專家。

在一戰結束後，赫塞著手寫一本迴異於以往的作品。他不再從大自然尋求啟示（多麼令人驚駭的轉折！），更進一步質疑不可撼動的《聖經》教導，避開人們視為理所當然的建制思想和樂觀態度；他決定深入反叛成長的歷程，掀開另一個與善並存的──惡的世界，探照我們不想看見的面向，從而探索新世界的可能。這是赫塞《徬徨少年時》的書寫定位。

戰後，他花了兩三個月的時間飛筆成書。因自忖對一戰的立場受到輿論撻伐，擔心沒有出版社願意出書，便以小說人物主角之名辛克萊（Emil Sinclair）作為筆名，發表《徬徨少年時》。不料，出版後，引起極大的迴響，更獲得柏林文學新人獎。但四十二歲的知名作家赫曼・赫塞不可能出面領獎，只能退回獎項。此後，此書才以本名出現，這是《徬徨少年時》問世的背景。

走向幽暗世界

兩個世界

「這部小說勾勒了二元分立的意象。」一個處於光明世界——也就是乖小孩、好學生、工作績效高，順著社會金字塔拾級而上的人生勝利組，他們享受光合作用、風調雨順的恩典，世間的一切彷彿如教科書或師長的教誨一樣，耕耘必有收穫，努力就會出頭，正義會戰勝邪惡。在光明世界，人們相信隨著社會的和諧進步，終會享受豐盛順遂的人生。相對的，另有一個光線不足的地方，我姑且稱之為幽暗世界——像是貧困家庭、命運多舛、徘徊於體制邊緣的族群，他們搭不上經濟發展的列車，人生遭遇似乎總在世間常軌之外，一腳踩進暗溝，就滑入溼漉漉的世界，要站穩站直都不容易。學校教的法則定律，在這裡沒有發揮的空間。進來的人必須在夾縫中生存，在叢林裡捕獵自保。然而，這裡也看得見瀟灑有趣的人與事，時時向另一個世界招手。

在光明世界的人，會隨著天光暗去，返家休息，結束一天規律的生活。他們不會花時間精力去理會幽暗世界的存在。對於那邊人們奇特的情緒、思維和行為模式，多採取見怪不怪，近乎蔑視的態度。說到底，是不願意直視那不怎麼令人愉悅的真相。然而，在幽暗世界的人，時時都感受兩個世界的巨大差異。他們不明瞭，為什麼另一個世界可以如此光明正大、若無其事的生活。

其實我們都經歷過幽暗世界。當初踩進暗巷的時刻，可能是一連串的突梯滑稽。譬如，從乖巧的孩童轉化為憂鬱易怒的青少年，不知不覺間，身體發生變化，性的欲望不斷渦旋上升，單純的手淫已無法滿足和宣洩旺盛的精力。就內心深處而言，性有無可抵禦的誘惑，自己幾乎要受其控制；他像是個魔鬼，卻又迷人不已，讓我們甘於降伏。同時，現有世界的壓力——包括學業、親子關係、同儕拉幫或競爭等等——不斷像個厚重的鐵網如影隨形的覆蓋著。他們開始想掙脫，走出家庭，探望另一個世界的奇幻絢麗和遊戲法則。

跨越之後，青少年固然卸下原先世界的包袱，但是他不可能停駐原地，他還有摸索的心，想找到合理解釋兩個世界同時運行的答案。只是，披荊斬棘路途並不容易，他必須找到同伴，設法增添勇氣，一面適應幽暗世界的叢林法則，一面[illegible]探索。

如果讀者能理解這兩個世界的概念，就掌握了《徬徨少年時》的敘事基礎

走向幽暗　尋找自己

小說主角辛克萊生長在一個信仰虔誠的中產階級家庭，門風良好，一家相處融洽。要說有什麼令人困惑的地方，就是隱約感到家中有兩個世界：一個是光明世界，溫暖、秩序、聖經、潔白、愛，但是單調乏味；另一個必須跨越廚房，進入傭人的空間，這裡充滿鬼魅八卦、令人費解的街頭巷議，有點低俗驚駭，但也相當有趣，可稱之為幽

暗世界。

有一天，在一群朋友面前，為了逞勇，辛克萊編織一個虛張聲勢的謊言，自稱偷了一戶人家的蘋果。一個混混便借勢拿來恐嚇辛克萊，說失主的確在找竊犯，他打算去舉發。之後，辛克萊害怕得不得了，只有遂其勒索，偷錢送錶。辛克萊以罪養罪，永遠滿足不了混混無止盡的貪婪，從此踏進了灰冥的深淵。

這場噩夢般的遭遇持續好長一段時間，直到他遇見了一位年長幾歲的學長德密安。德密安（Demian）目光深邃，個性沉潛，有股亦正亦邪的氣質。德密安發現了辛克萊的困擾，半開玩笑的告訴他不可以如此懦弱，必須想辦法解決，殺了混混也是一法。德密安當然沒那麼做，而是私下跟對方約談，從此他再也沒來騷擾辛克[illegible]辛克萊長久以來的夢魘就此結束，他立刻頭也不回的奔向光明世界，也不是[illegible]和德密安有所牽扯，回家當個乖小孩，恢復週日教堂禮拜的光明生活。但是正規的日子實在太無趣，辛克萊和德密安又再度聯繫了起來。雖然另一個世界暗影幢幢，但是德密安帶股神祕氣質的智慧，格外吸引人。有他在，辛克萊的勇氣也多了一些，敢於挑戰一連串的成長探索之旅。

德密安告訴辛克萊有關聖經的幾件事。他的見解顛覆一般的認知，有令人感到不可置信的恐怖，卻又也有教人想一探究竟的吸引力。

在舊約聖經創世紀裡提到，亞當和夏娃生了兩個兒子——該隱和亞伯。哥哥該隱種田，他將收成的穀物獻祭給神；弟弟亞伯牧羊，將頭生的羊獻上。上帝明顯悅納亞伯的獻祭，讓該隱感到憤怒，把弟弟亞伯給殺了。上帝很生氣，將他流放。該隱很害怕因此惡名會遭人殺害，上帝便在他頭上做了記號，說殺他的人會獲更重的罪。說到這裡，一般人多半同情亞伯，譴責該隱的惡行，讚揚上帝給予罪人一個機會。不過，德密安卻認為該隱殺了亞伯後，表現軟弱，卻因懦弱反得上帝賜予印記，這是不合理的！因此，他推論故事遭到修改，認為該隱頭上的印記才是故事的起點，是塑造他成為強者的印記。整個故事應該是勇者殺死弱者。德密安藉此暗示勇氣的價值，以及去除懦弱的必要性，否則辛克萊將永遠受制於混混。

在另一個場合，德密安提到耶穌受難時，有兩個盜匪一同被綁在各自的十字架上。其中一個盜匪嘲笑耶穌說，如果你真是救世主，就先救了自己也順便救救我們。另一位則斥責對方的戲謔，認為有罪就應獲得刑罰，但是耶穌無罪卻代為受罰，他希望自己歸依基督，請耶穌在天國記得他。耶穌當場允諾同祂一起進入天國樂園。德密安說，人們會讚許第二位盜匪的臨終悔改，但是他認為那太懦弱了；第一個盜匪面臨死不改其志，是勇氣與灑脫的象徵。

德密安說，牧師或老師太過怠惰，只用表面的善與惡去論斷，造成兩個世界的隔離，人不能面對惡事時，只是閉上眼睛不管，當成沒有發生。辛克萊感到驚駭莫名，但也慢慢接受德密安難以反駁的解釋。

辛克萊曾經作了一個夢，夢見家門上的盾形徽章和德密安。醒來後，他畫下盾牌上的鳥圖騰，還有鳥掙脫球體的姿態，寄給德密安。後來，德密安寫一張紙條給他：「那隻鳥在掙扎著要從蛋殼中解脫出來。那個蛋就是這個世界。誰想要誕生，就一定首先要毀滅一個世界。那隻鳥是飛向上帝去。那個上帝的名字是阿布拉克薩斯（注90）。」不久之後安克萊竟在一門有關希臘歷史的課堂上，聽見老師提到阿布拉克薩斯（Abraxas），他的象徵性工作就是「把神聖的東西和魔鬼的東西結合成一體」意思是，人世間所有的一切，沒有絕對的好或壞，沒有分明的善與惡，全都是相伴相生的。譬如，獸性肉慾和堅貞的愛、自卑自憐和驕傲意志，以及最骯髒齷齪的和神聖不可侵犯的意念等等，每一個個體和時代的群體，都是先前生命與歷史的累積。每一代要得到進化，就要突破原來的世界，就像鳥要突破蛋殼，朝向同時擁抱善與惡的神飛去。

有一段時間，辛克萊遇見一位管風琴師，他原是牧師之子，也是位神學家，但因思想叛逆，被認為不適任牧師。一開始被他神聖純淨的巴哈音樂吸引，但後來他演奏

注90：阿布拉克薩斯（Abraxas），諾斯底教神祇

更古老的義大利音樂，像是善、惡神的召喚，光與暗的對比，辛克萊覺得：

這些音樂都在表達同一樣東西，都在表達這位音樂家靈魂中的東西：渴望，一種向世界最最發自內心的贖罪，一種劇烈掙扎中的放任，一種向自己靈魂焦急的傾聽，一種令人陶醉的屈服，和對不可思議的奇蹟發生的深深好奇。

管風琴師教他觀火，從火焰的形狀看到人以及各種動物或一切意象，這些是人類自身累積演化的靈魂。並說：「你不可以害怕任何東西。你的靈魂想要的任何東西，你全都不能禁止。」無論你有什麼衝動、誘惑，甚至殺人的念頭，都要面對，因為這些都是從自己來的東西。這不是說要去殺人，而是每個惡的念頭都有自己的形象在裡面。這些觀念讓辛克萊感動，也和德密安所教的有所連結。但是，漸漸的，辛克萊發現管風琴師過於沉迷古代宗教的義理，他雖然教自己怎麼認識自我，但他想的是建立自己的宗教與祭壇。辛克萊已經慢慢變得勇敢，他想更進一步探索生命，便離他而去。

他開始想念德密安，並朝他家走去。這段歷程（像）是一場夢。辛克萊遇見德密安和他的母親夏娃（Eva）。夏娃看出辛克萊愛戀她，卻又不敢面對內心的慾望。她對辛克萊說：「愛情不可以哀求，或者要求。」她接著又說：「愛情一定要有力量在它自己本身之中變得確實無疑。然後它就不再是僅僅被吸引了，而是要開始去吸引人了。辛克萊，你的愛情是被我打動起來的。一旦它開始打動我，我一定會來的。我一定不把我自己作為一件禮物給別人，要得到我，就必須戰勝我。」夏娃告訴他的，比之前獲知的東西要更往前一步，就是不只要讓自己勇敢，而且強化自己的意念，當自己要什麼，不但要努力追求，還要讓自己變得有吸引力，讓萬事效力於己。

德密安注意到辛克萊頭上有了記號，像該隱一樣，為他感到高興。不久，戰事的號角響起，他們先後入伍上戰場。他知道，這場戰爭也可能是當下的歐洲即將打破舊世界的蛋殼，而新的世界就要到來。那麼，那些頭上有記號的，就像準備好扭轉歷史的人物一樣，他們將要幹出一場大事，打造新的世界。

命運的鬥爭與追尋

一般讀者要掌握《徬徨少年時》，須先了解赫塞與其時代的背景，這部分我已在前兩節提供了座標和指南針，快速導覽整部作品的脈絡。但是，讀者——尤其是已經讀過這部作品的朋友——可能會有新的疑惑和提問產生，這些是更深層次的問題，亦即，辛克萊在幽暗世界的摸索，沿路遇見的暗黑心靈，以及萍水相逢的女性，究竟帶給了他什麼？赫塞到底想給我們什麼啟示？我在這一節，要為你解開幾道重要關卡的密碼，了解赫塞暗黑旅行的意義。

為新世界作好準備

容我先從故事結束的地方開始——一次世界大戰。戰爭前夕，人們還在享受理性時代和工業革命所帶來的甜蜜果實，雖然戰爭來得太突然，但多認為是個局部戰事，杯弓蛇影多過真實的殘酷。沒想到，戰爭擴散到整個歐洲，死傷的慘烈遠遠超過想像。

無論是基於愛國心，神的召喚、或是被迫徵召上戰場的年輕人，都成為受害最烈的犧牲者。他們對家庭、學校、教會乃至整個社會體制的教導產生不信任感，也就是說，他們對於所受的教育、思想、信仰以及對於進步的樂觀態度，從心底生出激烈的質疑。在舊的世界已經崩壞，新的世界尚未建立的時刻，《徬徨少年時》的出現，象徵赫塞背棄以往的光明世界，那是禁不起考驗的世界，一個舊的蛋殼，他得撐破它，讓自己站起來，飛往新的方向。他的方向是轉往幽暗世界探尋，無論那是由另一個神統治或根本無神的世界，他要尋找人的生存意義，為摧毀一切的戰爭或無情犧牲的生命找到理由。

赫塞給我們的答案，不是一個禱告蒙獲應許的新天地，而是人必須靠自己站起來，成長的過程就是擺脫怯懦無知的旅程，不要懵懵懂懂的從眾度日，要修鍊預備自己，等待時機來臨時，就可以重建一個新的世界。

文學的本體性

赫塞基於個人危機以及一戰經歷的椎心刺痛，在接觸了東方宗教、佛洛伊德和榮格心理學後，以精神分析的方法，透過夢、性和火的觀察，追求一個後基督教的世界，寫成了《徬徨少年時》。

我個人以為，赫塞不說不快，建立新世界的心過於急切，以致寫出企圖過大的作品。我的意思是，文學是書寫的藝術，好的文學作品固必有哲學的意涵，但不宜以哲學（在此包含信仰）為單一目的，就像小說亦可能包含心理學、科學和愛情，但不宜為這些領域服務，否則會減損文學（尤其是詩歌和小說）的本體性與藝術性。《徬徨少年時》的哲學意味過重，或許是美中不足之處。然而，在這本論述青年與命運奮鬥的小說中，赫塞運用聖經故事作為篇章的命名，再以富有希臘色彩的角色來挑戰各個篇章，完成主角的破殼掙扎歷程，可說是極具創意的作法，也是洞悉這部作品關鍵鑰匙。但這點卻被多數評論家忽略，即便在各種版本的序文中也看不到，也難怪小說的真實內涵很少被完整理解。

靈與神

赫塞小說人物的命名常別具深意，在《徬徨少年時》尤其如此，小說主角辛克萊（Sinclair）得名於西元三世紀布列塔尼天主教聖人聖克萊（Saint Clair）。這個名字後來隨著布列塔尼人移居蘇格蘭而流傳開來。由於腔調關係，蘇格蘭人念「聖」（saint）為「辛」（sin），因此有了辛克萊的名字。在小說中，辛克萊謊稱偷了別人家的蘋果來佯裝氣魄，卻被人利用勒索，從此踏進幽暗境地，如同亞當夏娃偷吃蘋果而被逐出伊甸園一樣，成為罪人。由於英文「辛」（Sin）是罪的意思，辛克萊之名便有「聖潔」轉為「罪人」的意涵。

由於辛克萊的青澀懦弱，更凸顯他需要德密安作為護衛和引導的角色。德密安正是赫塞這部小說的原名。德密安（Demian）源於希臘語「代蒙」（Daemon），是靈的意思。靈原是介於神與人的一種存在，常附著在人身上。天地間，有好靈（demigod），也有惡靈（demon），會影響人的思想與行動。赫塞所設計的德密安，我們可以視之為靈，或半神人的角色。

要精確的認知德密安作為靈的角色，我得先從荷馬時代談起。在西元前八、九世紀時，古希臘的神與人關係密切，神對人間的事物有立場，會因為人的祭祀禱告或觸怒，而直接介入。在《伊利亞特》的特洛伊戰爭，天神便分為兩派，一派支持希臘聯軍，一派支持特洛伊。但漸漸的，神與人的距離愈來愈遠。在幾十年後《奧德賽》寫成的時代，希臘神祇已不大以自身形象出現，而是透過劇烈改變的天氣、鳥出現的形式（鳥卦），或託夢的方式給予象徵或暗示。

此外，在某些場合，神會易容打扮為特定人物出現。譬如，在《奧德賽》裡，雅典娜易容為年長的智者「曼托爾」，陪伴未能獨當一面的青年王子帖列馬科斯，渡海尋父，給予勇氣和指導，協助他解決問題。此後，西方便以「曼托爾」（Mentor）作為良師益友代名詞。到了古希臘羅馬的交替時期，希臘神祇的信仰衰落，但是對代蒙的信仰仍然持續了一段時間。在基督教建立以後，則統稱其他宗教的神為靈（代蒙）。在《徬徨少年時》時，赫塞幾乎都將這些希臘神祇的象徵全用上了，包括破蛋的鳥、夢的預示，還有德密安作為良師益友的角色。

基於這樣的理解，赫塞設計角色的意圖已昭然若揭，就是他以希臘的靈將基督教義裡的罪人（辛克萊）給解放出來，無須再寄託神、相信神，要勇敢的找出屬於自己的道路。讀者是否意識到，身為顯赫傳奇的傳道人後代，赫塞甘冒大不諱的如此書寫，是多麼激烈的反叛！儘管此書出版時，祖父母和父母皆已過世，但此舉依然令人震驚。

在書中，德密安一步一步帶著辛克萊，指出他對於《聖經》部分內容的顛覆性看法，包括視殺弟弟的該隱為勇者，將不識耶穌也不悔改認罪的盜匪認定是忠於惡神的義者。針對這一點，德密安告訴他：

我們應該把所有的東西，把整個世界都看成是神聖的。這樣，一方面我們有為上帝舉行的崇拜儀式，同時我們也應該有為魔鬼舉行的崇拜典禮。我覺得這樣才是對的。不然的話，你就必須為你自己創造出一位把魔鬼也包含在內的上帝來，而在這一位新的上帝面前，當世界上最自然的事情發生的時候，你用不著把眼睛閉上。（注91）

赫塞也藉著德密安的口，赤裸裸的道出以希臘主義對抗希伯來主義的主張。

你一直在與你內心中的一個衝動互相鬥爭。這個衝動是比任何其他衝動都更強烈，而它卻是被人們認為是「禁止的」。在另一方面，希臘人和其他各地的人就把這個衝動昇華了，把它弄成是一個神聖的東西，還要用盛大的典禮來慶祝它。換句話說，凡是被禁止的東西都不是永恆的，都是會改變的。

這裡所指的衝動，包括對裸體的讚美和性慾的衝動，都視為自然的舉動，並反映在繪畫與雕刻藝術上。而更毀滅性的衝動則是像城邦間無止盡的戰爭，則以奧林匹克運動會的競技來取代，將戰爭昇華為運動競技，當然值得一場嘉年華式的盛會來慶祝。從德密安的出現，我們可以確知赫塞意圖以競爭或打破傳統的建制思想與信仰，讓人從性與戰爭解放出來。

靈是主題與意念的化身

最後，我想探討的，是文學家對於角色的設定。

德密安的角色是適時提供見解，給予鼓勵和勇氣，陪伴辛克萊走過暗黑的路程，最後活出有獨立見解的個體。由於德密安的特殊命名，我們也知道他帶有靈的意涵，像是與辛克萊靈魂對話，影響他意念的一種存在。我曾在講堂上解析過，赫塞所創造的德密安，與其說是辛克萊友人，倒不如說他是辛克萊徬徨成長時，一種個人的心頭

注91：蘇念秋（譯）《徬徨少年時》，志文出版社，頁90，〈第三章〉。

意念或思想主題，赫塞為了讓讀者更容易進入小說敘事對話脈落，將之擬人化處理。

一如荷馬史詩《伊利亞特》，我們知道神長生不老、無所不能，並介入戰爭。因此，在我們閱讀時，心裡會自動淡化神的角色，而專注在人性的深刻體現。當史詩改編為電影《特洛伊：木馬屠城》（Troy, 2004），如果編導按照書中情節，把諸神的奇幻力量呈現在觀眾面前，這部電影會淪為超異能英雄動作片。因此電影移除神的介入，讓影片專注於英雄的豪邁氣魄，以及面臨親情與戰爭的痛苦掙扎。這是電影為了傳達文學史詩的現代精神，而做的必要處理。

我舉另一個例子，恰恰就是《伊利亞特》的續集《奧德賽》。相對於《伊利亞特》，《奧德賽》裡的希臘諸神干預程度更低，他們的角色或化成朋友、良師益友或帶路人，你可以解釋他們是人生路上的貴人、天使。當凡人處於徬徨、軟弱的時刻，庇護神雅典娜不是直接出手改變現狀，而是易容成為給予忠告的年長智者，或是透過夢傳遞意念，或是無形「鑽進」人物的心，讓凡人「心念一轉」。為什麼荷馬這麼安排呢？其實，他在《奧德賽》的開頭就點明整部作品的精神：

有個人順風轉舵，繆思啊請告訴我，
他破壁撲擊特洛伊聖城之後漂泊波路，
先後造訪許多聚落，見識人的智謀，
許多磨難動心忍性，在海域流離失所，
奮力保存靈氣要把軍中夥伴帶回家。（注92）

在這裡，讀者應會清楚感覺到，這兩本史詩所描述的英雄典型截然不同。《伊利亞特》是英雄有所不忍，展現氣吞山河式雄壯廝殺，是開啟傳統英雄的典範，而《奧德賽》則強調見機行事，磨練心性，學習智慧，以安全返家。這儼然是典範的轉移，

注92：呂建忠（譯注）《荷馬史詩奧德賽》，2018，書林出版，頁78-79。

從尚武的英雄時代跨越到現代社會，人必須懂得運用智慧，求福避禍，才能保住元氣，達成理想。從這裡，我們可以理解到，荷馬要新一代的人為自己的人生擔負更多責任，不能再一味依賴神。因此，文學史家多同意，《奧德賽》是現代成長小說、心理小說的先河。

回到德密安，我們對作者的角色設定可以有幾種解讀。從故事脈絡來看，我們可以視他為辛克萊的良師益友；從作者的取名，以及用他來協助辛克萊對抗基督信仰、走入幽暗世界尋找自我的位置，德密安是一個靈；在讀完全書後，你會發現德密安並不是一個有感情、有情緒、有社會網絡的人物或存在，他是一個意念的強化者，只有當辛克萊孤獨，需要信心的時候，他才適時出現。這有點像極大的困難來臨時，有人禱告求神聆聽一樣。有時，你的禱告蒙應許，有時不會，但是你透過事件的磨練而更能應變。因此，德密安也可能不是靈，而是主角在成長歷程上，沿路所拾得的意念，漸漸成為他需要的勇氣，成為他的一部分。

原先，《徬徨少年時》只在德語地區流傳，但到了一九五〇年代中後期，英國作家柯林·威爾森出版《局外人》（注93），內容是描寫一些體制外的藝術家和文學家，探討他們如何影響社會，以及他們何以成為社會邊緣人或異鄉人。書裡介紹的人有：梵谷、卡夫卡、杜斯托也夫斯基、T·E·勞倫斯、T·S·艾略特、沙特、海明威和赫曼·赫塞等人。由於威爾森強烈的反體制、反文化色彩，對嬉皮運動產生推波助瀾的作用，成為當代年輕人參與運動的指南。源此，《徬徨少年時》的訴求與嬉皮運動不謀而合，因此赫塞成為嬉皮運動的偶像人物，影響美國和歐洲一整個世代。赫塞作品中，有另一本書產生更大的影響力，對我產生很大的震撼，那就是下一卷要介紹的《知識與愛情》。

注93：Colin Wilson (1956), The Outsider.

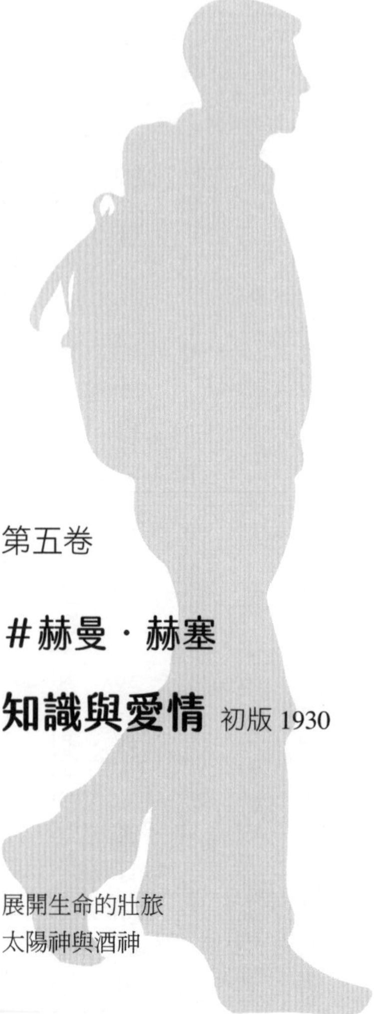

第五卷

#赫曼·赫塞

知識與愛情 初版 1930

展開生命的壯旅
太陽神與酒神
陸地與海洋
浪子回頭

展開生命的壯旅

在你的生命裡，是否有那麼一件作品改變了你的生活軌道，引你踏上一條未曾規畫，或夢想已久的旅行？於我，會毫不猶豫的回答：《知識與愛情》。

我長期在企業服務，早年搭上一九八〇、九〇年代的經濟起飛，享受快速成長的果實。在國際公司的環境裡，我親眼見證宏觀的市場機能與跨國運作，並將所學的經濟理論和企業管理，應用於工作實務上。然而，隨著職務的提升和責任的擴大，產生成就感的動因卻逐漸窄化，最終幾乎僅剩獲利的成長為唯一的指標。雖然，我已累積年輕時所嚮往的國際企業經營能力和視野，但心靈日益枯竭，和自身所生長的土地、自然環境距離愈來愈遠。

當自己處於乾涸的狀態，會想尋找心底的聲音；在猶疑徘徊的時刻，需要一種斷然的勇氣，作出改變的決定。此時，我遇見了《知識與愛情》。因為它，我離開了不曾間斷的職場，參與發起一項人類史無前例的馬拉松。這項名為「擁抱絲路」的計畫，是徒步從土耳其伊斯坦堡出發，途經土耳其全境、伊朗、土庫曼、烏茲別克、哈薩克、新疆、甘肅到西安的一萬公里長征。為此，我必須籌募高達近億元的活動經費；籌組一支來自十二個國家、上百名的國際後勤團隊；擔起和絲路沿線各國政府及民間團體的外交斡旋、權責分工和保安支援等事宜，此外，我身為活動的發起人兼執行長，在為期一年多的籌備過程中，必須擬定長征路途上的各種規畫和應變措施，在從無到有的日子中，推動艱難但偉大的夢想。最後，在無數的困頓挫折中，我們於二〇一一年四月二十日出發，在全程軍警戒護下，以沿路宿營的後勤移動支援，跑者每天平均跑七十公里，最終於以一百五十天，完成史上最長距離的馬拉松長征，在同年九月十六日抵達西安。

事後回想這項壯舉，我心底最深刻的印記不是長征的痛楚折磨或完成的光輝喝采，而是從絲路沿途遇見的友人身上，折射出歷史文明的景深；在一次次與異鄉人跨越藩籬的對話中，拼湊出波瀾壯闊的部落民族圖像，領略世代相傳的文明意涵。我們與異鄉人之間，也不時在人性共通的惆悵空隙裡，看見相互慰藉的可能；從彼此的關照之中，看見生命的多重意義。這些刻在靈魂深處的印記，不斷撫慰旅人的心，讓我們勇敢往前邁進。這段刻骨銘心的長征體驗，以及賦予此行深義的絲路文明探索，都收錄於《擁抱絲路》一書。

從《知識與愛情》這本書所催化的人生轉折與長征來看，其影響力已堪稱深遠。但再經過十年，當我重溫此書，回顧個人歷程時，才赫然發現它對我的影響不是一個轉折點，而是持續的在我生命內化，成為一種驅使的動力。這十年中，我花了四年寫了一部有關現代藝術的緣起與歷程的書《繁星巨浪》，接著創辦藝術講堂，投入藝術、文學與美學的深耕，直到今天。從我離開組織，進行長征探索到從事藝術賞析和培育美學素養的軌跡來看，無不受到小說精神的鼓舞和激勵。因此，我毫不保留推薦給讀者，分享這部影響我一生的書，也期望帶給你些許啟發。

《知識與愛情》是一部探索人生哲學的宏觀之旅。它敘述兩個青少年在修道院相遇，成為彼此心儀的摯友。一個崇尚理性、知識和精神，持續在修道院砥礪清修，提升自己，後來循著正規階梯成為修道院院長；另一個喜愛自然，充滿感性，終於翻牆離開修道院，四處流浪，看見無數殘酷的死亡，也順著熱情追求愛與藝術。多年後，修道院院長從監牢裡救出與城堡夫人有染的舊識。相知相惜的兩人回到修道院，展開一段誠摯感人、擲地有聲的對話，分享一路以來的心路歷程，交流哲學與藝術的辯證。

我在前一卷提到，偉大的文學作品都有哲學意涵，但不應專為哲學服務。《知識與愛情》對於哲學探討絲毫不比《徬徨少年時》少，但多藏於豐富的敘事脈絡與動機，沒有反客為主的刻意。《知識與愛情》全書的文字優美，場景立體而壯闊，有大自然的奇幻生機，人間殺戮的悲戚，也有愛欲情仇的描寫，是一部探索信仰、價值、哲學與藝術的精采作品。

下一節，我要帶各位認識這部作品兩位主角，進入他們生命的故事。

太陽神與酒神

赫塞的《知識與愛情》譯名聽起來像珍．奧斯汀的《理性與感性》或《傲慢與偏見》，有教養小說的聯想。教養小說的形式起源於歌德，特色是主角在成長歷程中，經歷環境的挑戰和事件的波折，養成某種道德教育的理想性格或處事態度。但是這部小說的本質卻帶有幾分顛覆教養的意味，而作品傳達的主題，也不是知識與愛情的對比或辯證，因此讓不少讀者對這部作品的理解產生混淆。

赫塞多數小說的原名，是書中主要角色名稱。像《鄉愁》的原名為「卡蒙晉德」（Peter Carmenzind）；《徬徨少年時》的原書名是扮演心靈導師的「德密安」（Demian）；而《知識與愛情》是一對摯友「那齊士和戈特孟」的故事。這種命名方式可以溯自荷馬史詩，《奧德賽》的意思就是奧德修斯的故事。

那齊士（Narziss）天資聰穎、心性沉靜、彬彬有禮、知識涵養豐富，長輩疼愛有加，同輩稱羨嫉妒，讓人無可挑剔的優秀青年。硬要說有什麼可以更完美，無非就是那齊士過於冷靜的清澈思考，讓人覺得疏離、驕傲。那齊士在修道院擔任助教，沒人懷疑他將循著神學與希臘人文教育的養成，最終擔任修道院院長的職務。

那齊士得名自希臘神話中的納西瑟斯（Narcissus）。他是一位英俊少年，人見人愛，卻對眾多愛慕他的女性視若無睹，對她們的癡情不屑一顧。因為單戀傷心的女孩愈來愈多，紛紛向復仇女神告狀。復仇女神見他如此自戀，驕傲冷峻，便施加懲罰，讓他愛上水中自己的倒影。當納西瑟斯要親吻水中人時，倒影就變成無法辨識的幻影。他這才理解：得不到所愛之愛的傷痛。最後，納西瑟斯落得憔悴死亡才得以解脫。人們在他死亡的地方發現一朵迷人的花，遂以他的名字命名，這是水仙學名「Narcissus」的由來。

此書的那齊士帶著納西瑟斯的清高的氣質，心無旁騖的追求知識，致力理解神的心意，追求精神的提升，走向傳遞神學與捨身苦修的道路。

戈特孟（Goldmund）名字原文之意為金口。書中提到取名自西元四、五世紀君士坦丁堡主教約翰一世，因為具有滔滔雄辯的口才，對於教會與當政者的濫權直言不諱，毫不退縮，是亂世中的震鑠之聲，因此有「金口」的稱號。約翰一世晚年因為得罪當道，以致一再遭到放逐流浪，最終死於異鄉。

戈特孟的母親曾為伴舞女郎，很早就離家出走。父親帶他來修道院註冊，還贈送院方一匹馬。父親此舉有託孤的意味，讓長得像妻子的戈特孟彌補母親的罪，走向終身修行的道路。戈特孟不知道父親的動機，但對於成為修行者的命運沒有懷疑。他比那齊士少幾歲，個性爽朗，充滿活力，如朝陽般的散射光采，是個熱情奔放的美少年。戈特孟表達能力沒有問題，但沒到能言善道的地步。赫塞為他取名「金口」，應是預示他和約翰一世一樣與當道不合，離開體制，走向浪跡天涯的未來。戈特孟透過人生的歷練、愛的灌注和藝術的創作，也終能擁有「金口」，發出真理之聲。

個性截然不同的那齊士與戈特孟在修道院碰面後，相互吸引，他們對彼此的親密關懷幾乎讓人懷疑這兩位少年的關係發展到超友誼的程度，令人嫉妒。

有一天，戈特孟在同學慫恿下，爬牆外出。他雖忐忑不安，卻抵擋不住內心的蠢動。他們來到附近村莊喝酒，大夥兒一起嬉鬧。離開前，在神祕、甜美又帶有罪惡感的夜裡，一位村莊女孩親吻了他的唇。回來之後，院方雖然沒有發現翻牆外出的情事，但戈特孟自覺這一段違背天命的敗德事跡，無法面對神的愛與善，彷彿地獄之門已在腳前裂開。他在天人交戰之下病倒了。那齊士很快就發現事有蹊蹺。以他在修道院幾年的經歷，猜得到怎麼回事，畢竟年輕人調皮犯錯在所難免。那齊士對他說：

對於神的愛與向善的愛並不是一致的，如果真的是這樣簡單就好了！我們知道，凡是好的都是記載在戒律裡，戒律只是神的一小部分。你可以遵守戒律而仍然遠離於神。（注94）

這段話的意思可以這麼解讀，神愛世人，祂的愛不會因為誰做好事，行慈善才選擇性的愛，就像父母不會對孩子的愛設條件一樣。世間誰能無過？有過能改更為可貴。有些人一輩子遵守聖經律法，但思想狹隘、鐵石心腸、心中沒有愛，其實離信仰更遠，這就是為什麼「你可以遵守戒律而仍遠離神的意思」。那齊士的幾句話，表明赫塞超越了《徬徨少年時》對光明世界的憤世嫉俗，走出當時對於基督信仰容不下過錯的偏狹觀念。

戈特孟不明白為什麼那齊士律己甚嚴，卻對於他的荒唐行徑如此寬容，彷彿他們的身分高低有別，要求也有所不同。他想以那齊士為標竿，也希望藉由相互砥礪，一起成長。但那齊士早就看出戈特孟不屬於修道院，不該在此虛度光陰。修道院是個研習理論、崇尚思辨、傳承教育和培養精神的地方，而戈特孟是個感受力豐富的青年，對於大自然的奧祕與律動充滿好奇，對其所孕育的花草鳥禽充滿熱情。他屬於自由開

注94：宣誠（譯）《知識與愛情》，志文出版社，頁39，〈第三章〉。

放的世界，依然可以是基督徒，但是他的世界在外面，是屬於土地與情愛的人，他的天命與天職不是傳道士或哲學家，而是詩人、藝術家。那齊士對他剖析：

你們是母系的人，生活是充實的，賦有愛的力量與體驗；我們這種屬於精神的人，雖然常常領導與支配你們，但我們的生活卻是貧乏的。你們的生活是果實的汁，是愛的田園，是美麗的藝術王國。你們的故鄉是土地，我們的故鄉是理想。你們的危險是溺死在感覺的世界裡，我們的危險是窒息於稀薄的空氣中，你是藝術家，我是思想家。你睡在母親的懷裡，我醒在荒野裡。陽光照著我，而星月輝映著你，你的夢中人是少女，我的夢中人是少男……（注95）

那齊士對戈特孟的愛是無私的。他鼓勵少年揮斬父親所擲下的命運線，離開修道院，體驗外面的世界，尋找屬於自己的天命。經過一番掙扎，哥特孟決定離開修道院，兩人從此分道而行，展開截然不同的人生。

赫塞所塑造的那齊士和戈特孟的兩極典型，仍能給現今社會極大的啟示；赫塞提醒讀者，每個人都能活出生命的意義，正規體制不是世界的全部，人依然可以憑藉天分和熱情，活出更精采的人生。這是《知識與愛情》的主要論述。

角色的原型：太陽神與酒神

赫塞的小說多有自傳的色彩，但每本小說的人物角色和背景截然不同。然而他只有一個人生，所以，取材方式除了自身生活經驗，也得向外探求。

從《徬徨少年時》，我們得知主角來自赫塞的傳道家庭背景，他從小發現光明世界與幽暗世界的兩極；在一次世界大戰摧毀了光明世界的虛幻後，赫塞融合佛洛伊德、榮格的無神論、精神分析與心理學，轉向幽暗世界以尋找自己。而小說關鍵人物德密

注95：宣誠（譯）《知識與愛情》，志文出版社，頁51，〈第四章〉。

安所引導闡述的觀念，則是汲取西元一、二世紀諾斯底教的信念。現今，諾斯底教被視為邪教，這正是小說原名取為「德密安」（**Demian** 意為半人半神的靈）的原因。

而《知識與愛情》的時空設定於中世紀。小說所形容的修道院場景，取自赫塞少年時就讀的墨爾布龍修道院。赫塞在修道院適應不良，曾翻牆離校，被人發現在田野間，身邊有槍。赫塞後來作詩寫作，也與書中主角戈特孟的個性若干相符。然而，這部小說對於那齊士和戈特孟的角色設定，有其哲學上的對立性。赫塞透過兩位主角的天性和選擇，經歷截然不同的人生，重逢後對於世間現象和人生價值有發人深省的對話。赫塞的哲學性對話，主要取材自希臘藝術二元性——太陽神與酒神。十八世紀時，德國的希臘史學家溫克爾曼曾提出相關論點，一百多年後，尼采在其著作《悲劇的誕生》（**Die Geburt der Tragödie aus dem Geiste der Musik**）有更詳實的闡述。

太陽神阿波羅（**Απόλλων**）的希臘字意為光明。在神力無邊，卻充滿情慾驕橫、猜疑嫉妒、心胸狹窄的希臘神祇中，阿波羅有著與眾神不同的自制心性；他個性清朗、行事公正。由於他擊敗巨蟒盤據的世界中心德爾菲（注96），人們在此設立阿波羅神殿。而世界各地前來祭拜的人總能在德爾菲得到精準的預言，因此阿波羅的預言能力代表清晰、秩序。再者，因為阿波羅喜愛狩獵運動，又是詩歌庇護神，因此阿波羅的形象也象徵平衡。

另一個受到希臘人喜愛的神祇是酒神戴奧尼索斯（Dionysus）。他和阿波羅一樣是宙斯的兒子，但母親是凡人，奧林帕斯天神中的唯一例外。酒神早年在世間流浪，到處教人種葡萄釀酒。酒神出現的時機象徵豐收和節慶，無論人的出身高低，都能與之同歡。希臘戲劇表演的開始與祭祀酒神有關。酒神雖總帶來狂歡喜樂，但是隨行的女祭司醉酒時卻常陷入瘋狂，活生生撕裂野獸，吃得滿口鮮血。酒神象徵自由、無序、豐富的情感和敏銳的感官，喜愛大自然，與萬物合一。

注96：德爾菲（Delphi），位於希臘中部，帕拿索斯山下。

太陽神和酒神廣受歡迎，兩者的形象卻有鮮明的對比：理性/感性，秩序/自由，精神/肉體，邏輯/情感。但這樣的對比還不足以呈現完整的輪廓，如果用畫家典型來類比，可以給讀者更全面的概念。

太陽神與達文西

舉達文西的《最後的晚餐》為例。

這幅作品的畫面結構平衡，耶穌坐在房間裡餐桌的正中央，兩旁各有六位使徒。達文西運用完美的線性透視法，以耶穌為中心，帶出立體景深。耶穌伸出左手，手掌心向上，指著餅和酒，告訴門徒，這是祂的身體和血，眾人可以因之使罪得赦，將來門徒也要一樣擘餅喝酒來紀念祂。耶穌的右手則是掌心向下，向盤子伸過去。在畫面上，耶穌右手邊第二位的使徒也伸出手，往同一個盤子去。這就揭開畫的第二個主題。耶穌說：「我實在告訴你們，你們中間有一個人要出賣我。」他們甚為憂愁，一個一個問：「主，是我嗎？」耶穌回答：「同我蘸手在盤子裡的，就是他要出賣我。」（注97）那位同時伸出手的是叛徒猶大。耶穌的表情平和而深邃，祂有期許，也有無奈。

這幅畫可以看出達文西彰顯聖餐的用意和技巧。但他所隱藏的密碼不止於此。達文西有句名言：「不是數學家，請不要讀我的基本著作。」這幅畫除了透視法的極致運用外，也埋藏達文西經常使用的數理設計。

首先，畫裡有一位基督、一張桌、兩面牆，使徒們三位一組，含耶穌在內，共有五組人物；兩側牆壁上有八幅掛畫，畫面上共有十三個人。如果我們列出這個數列：一、一、二、三、五、八、十三，就會發現，從第三個數字起，每個數字都是前兩個數字的總和，此為「費式數列」（注98）。從這個數列，我們可以推演十三之後是二十一

注97：《馬太福音》二十六章。

注98：取名自義大利數學家費波那契（Leonardo Fibonacci，1175-1250）。

（八與十三相加）、三十四……，以此類推。如果從序列中大的數字除以前一個數字，會得到接近1.618的數值，這個數字在藝術上有個魔幻意義——黃金比例1:1.618。達文西意在表明，他的畫作隱含完美的哲學。

從這裡，我們可以理解太陽神式的藝術表現特徵是：明確、節制、理性、邏輯、比例、平衡、完美，是一種永恆與古典的追尋。

酒神與卡拉瓦喬

相對的，再以卡拉瓦喬的畫為例，來說明酒神式藝術。

十六世紀末，年輕的卡拉瓦喬從米蘭來到羅馬，有人要帶他去看古希臘雕刻家菲迪亞斯（注99）和葛里孔（注100）最著名的雕像，藉以作為繪畫師法的對象。自從文藝復興以來，藝術家創作的目標是呈現理想的典型。結果，卡拉瓦喬反其道而行。他伸起手，指向人群說：「外面世界就是我的大師，比比皆是。」（注101）

卡拉瓦喬來到羅馬，在街頭賣畫。其中《算命師》受到樞機主教的青睞，因而延攬他到官邸作畫。《算命師》畫裡有兩個人物，一位是面貌姣好的軍官，由他的友人扮演模特兒；另一位是街頭找來的吉普賽女郎，頭頂著捲起的髮巾，側身靠了過來。聰慧的女郎伸出食指在男人的手掌心移動，看起來是算命，也像在摳手心，弄得男人靦腆頰紅，一副調情的模樣。如果仔細看，她正設法取下男人手上的戒指。雖然主題戲謔，但畫面卻沒有庸俗感。畫裡的服裝質感精緻，無論是外套的立體印花或是襯裡的錦緞都非常逼真；兩人的肢體動作像是約會，也像男士邀請女孩共舞的場景。卡拉瓦喬摒棄一般繪畫裡的寫實空間，只為畫的背景刷上斜射的光，彷彿是舞臺上的劇情發展到高潮的那一刻，聚光燈打了下來，強化了波動的情緒。然而，那個時代沒有燈，

注99：菲迪亞斯（Phidias，480-430 BC），古希臘雕刻家。他最聞名於世的作品是雅典衛城上的雅典娜雕像和奧林帕斯的宙斯像，如今這兩件作品尚未被找到，只能從複製品了解其形象。

注100：葛里孔（Glykon），古羅馬帝國雕刻家，代表作是法爾內塞的海克力斯（Farnese Hercules）所代表的原作。

注101：Giovanni Pietro Bellori, 1672, The Lives of Import Painters, Sculptors and Architects.

卡拉瓦喬卻創造出燈光的效果，這是劇場光的濫觴，又稱「卡拉瓦喬光」。

此外，卡拉瓦喬畫水果，也是別出心裁。以《水果籃》為例，畫裡的水果連枝帶葉的滿出竹籐籃，給人欲望豐足的感受。近一點觀看，突出於籐籃的枝葉，有的枝粗葉壯、有的遭蟲咬損，有的枯黃萎去；在顏色最鮮豔的蘋果上，也出現蟲蛀腐蝕的洞。這種表現給靜物畫一種生命映照和心理張力的感受。

由於這種表現太過特殊，其他藝術家注意到卡拉瓦喬非但將象徵生老病死的意象灌注於靜物畫，也將水果籃當成花藝造型，展現枝葉的生命語言。因此佛萊明動物畫家席德斯看了之後，將之作為他畫動物靜物畫（例如：廚房或市場上堆砌的獸禽家畜肉塊）的參考，魯本斯更用來作為表現人物肢體動態的構圖。後來，卡拉瓦喬開始畫教堂委託的作品，他的人物腳趾甲總是髒黑卻富有生命；即便是畫聖人，也是從市井人物取材，他甚至以街頭交際花為模特兒畫聖母馬利亞。

卡拉瓦喬的作畫風格可說是酒神式藝術的代表：自然、挑釁、感官、顛覆、脫序、激情、融合異質、打破界限。酒神式藝術不在追求精神性的淬煉，而是透過熱情和創意，追求生命力的表現。

達文西晚年獲得法國國王法蘭索瓦一世的邀請，延攬他到法國養老，死時也備極哀榮。卡拉瓦喬呢？他過著狂蕩不羈的生活，因細故不斷與人爭吵，犯下殺人罪。他一路逃亡，一路創作出令人嘖嘖稱奇的作品，像是巡迴演出的巨星，但最後死在流亡的路途上。

讀到這裡，相信你明白，達文西和卡拉瓦喬在藝術發展上的天命截然不同，人要走出適合自己的路。每個人都有太陽神和酒神的因子，只是比例不同，因而呈現出各自的特色。

回到《知識與愛情》。

那齊士的聰慧與理性，適於在太陽神的光明天地之下，從事知識的研究，追求精神的必然性；反之，在那齊士的鼓勵下，戈特孟要走出圍牆巨塔，本著熱情和善感，踏尋世界的力與美，追求人生的可能性。基於這個理解，「精神與熱情」、「必然性與可能性」、「太陽神與酒神」似乎比「知識與愛情」更能貼切的形容這兩位主角鮮明對比的特質。

接下來，我們要進入戈特孟的流浪之旅，探討他和那齊士重逢後的生命對話。

陸地與海洋

情愛、死亡與藝術

戈特孟的流浪歷程比想像中艱難。他必須面對居無定所的世界，生命中再也沒有安定感，一切都可能發生，未來無法預測。他曾挨餓受凍，遭遇騙徒，也從擦肩而過的女性身上得到前所未有的滋潤，許多時候是動物性的嬉戲與慾望的遂行。

戈特孟俊美的臉龐和純真浪漫的個性，對女性散發難以克制的吸引力。戈特孟貪戀女性的胴體，沉迷繾綣其中。他從森林求生所獲得的敏銳知覺，以及從不同女性邂逅的體驗所累積的求歡技巧，在在讓他無往不利。他發生關係的對象，包括農婦、少女、家庭主婦，甚至和兩個女孩同床共枕過。

他常在樹蔭下休息，於青苔處宿眠，自寒露中驚醒。有時感到恐懼，覺得隨時活不下去，有時又堅強得不可思議。他為自己無所節制的色慾感到羞愧，但又在悔恨與誘惑中不斷輪迴。他看見森林的枝葉藤蔓有如私處毛髮，在幽暗之處長出奇異瑰麗的花朵和嬌豔欲滴的果實，怎麼會有如此奇特的存在？此外，他曾協助一位產婦接生，卻發現她劇痛扭曲的姿態，所發出的呻吟聲，怎麼和一位跟他做愛的女人一樣。這一切究竟有沒有什麼啟示？

有一天，他路經小鎮的一座教堂，走進去望彌撒。他向神父告解，不久前碰到一個流浪漢，要偷自己的錢和刀，在爭執中不慎失手殺死對方。他因此懺悔，神父寬容的原諒了他。他看見告解室旁有一尊聖母像，覺得聖潔美麗，也感受到聖母的痛苦壓抑。他有了拜師學藝的想法。

在那個時代，學徒多自幼入門，事事服侍打點，還得繳費。雕刻師傅見這位年輕人雖然過了學徒的年紀，沒有錢，但在交談中，發現他對人體與形象很有想法，破例錄用了他。

他想要雕刻聖母。漸漸的，心裡出現了幾個不同的意象。

一個面孔盤據在戈特孟心裡，雖然不是念念不忘，至少希望在成為藝術家後，能把這個面孔表現出來，可是這個面孔總是時隱時現——這就是他母親的臉孔，是他長時不見的臉孔，是他與那齊士談話之後從失去記憶的深淵裡，發掘出來的臉孔。在那些漫遊的日子當中，愛情之夜，憧憬之時，有生命之危的當兒，瀕死之際，母親的臉容漸漸的變了，變得豐盈、深刻而多姿，這不再是他自己母親的臉，而是由他母親的臉與臉色漸漸變成另一個面孔，也就是夏娃——人類之母的像……他不僅要把他所有愛過的女人的面孔雕刻在這上面，還要把他的每一種感觸與體驗，統統從這個像上表現出來。如果他完成了這個作品，那麼顯而易見的，這不是表現某一個特定的女人，而是作為人類最初之母的生命之像。（注102）

注102：宣誠（譯）《知識與愛情》，志文出版社，頁167，〈第十一章〉。

從這裡，我們可以理解赫塞精心鋪陳的寓意。當初父親基於對妻子的恨與恥辱，把戈特孟送進修道院，要他走向傳道清修的道路。然而，深深愛他的那齊士看出戈特孟的熱情善感，知道這年輕人的未來會跟他一樣強，甚至更出色，但這條路不是他的天命，因而鼓勵他背離父親的安排，也就是藉由弒父情結（不是字面意義的殺父，而是依賴或承襲的斬斷）作為成年禮，讓自己站起來，走向外面的世界。原先，父親為他安排的是象徵父權的精神性道路，走向太陽神統轄的秩序性世界；現在戈特孟走出去，在探索未知世界的歷程中，從新鮮、恐懼、激情和罪惡中，漸漸發現這是一條是走向自己的道路。

為什麼說，走出去反而是走向自己呢？

對戈特孟來說，森林與荒野是是大地之母的一部分，他透過一個又一個萍水相逢的女人，逐漸喚醒記憶中母親的形象、身體與氣息。他在完全解鎖釋放的狀態中，打開自己的知覺感官，吸吮一切聲音、氣息、形體、生命和死亡的存在。這代表他由弒父情結出發，往戀母情結之路走去。他沿途逐漸拼湊起早已遺忘的母親——一切孕育自己的開始。

隨著不斷探索的積累，他想透過一種方式來表達自己吸收消化的意念。當他看到聖母像，心裡產生複雜的觸動，那彷彿是他可以傳遞自我探索的媒介。他原先並不是有意識的把歷練當成藝術創作的養成，但是他發現藝術可以作為理解人生和宇宙意義的載體。戈特孟知道生命的虛幻和短暫，他要透過自己的手，將淬煉後的認知表現於藝術，讓它成為永恆的存在。

對於藝術不熟悉的讀者，相信能從這裡獲悉許多藝術家創作的初衷與追求。

接著，戈特孟用那齊士的形象來雕刻耶穌最愛的使徒約翰。

由於他專心，不喜也不悲，不知生的快樂，也不知生之短暫，他的心中又有了那種虔誠的、光明的、純潔的感情，這種感情曾經是戈特孟熱中朋友、樂於被朋友所指導時所有的。站在雕像前面，用真正的意志造像的不是戈特孟自己；而是另一個人，是那齊士，是他正在揮動藝術家的手，把生命從以往與變化中跨出來，把他的本質表現在純粹的塑像裡。

這段情節的安排看起來簡單，但有其深刻意義，代表戈特孟的創作過程進入精神性思考的境界，這和雕刻聖母的狀態截然不同。雕刻聖母是在流浪探索、找尋自我的歷程中，將自然、女人與母親的形象澆灌於作品之中；而雕刻使徒約翰，他想到的卻是那齊士所代表的光明世界，是虔敬的、精神性的、奉獻的和節制的世界。戈特孟站在對立面，將純粹之愛的精神性形象，投入於創作。

看到這裡，讀者可能會覺得困惑：戈特孟分明是不受約制、隨天性和熱情引導的人，怎麼會在流浪之旅後，回頭去追求精神性的世界？是不是因為赫塞想要平衡討好讀者，而往「教養小說」靠攏？不過，如果仔細回想赫塞叛逆的過去，或者讀讀《徬徨少年時》，就知道作家不媚俗的個性。

赫塞讓戈特孟在雕刻聖母之後，繼之創作使徒約翰，在文學上有其不可或缺的重要性。經典文學作品（藝術也是）若只有個人主義的狹隘，或過於側重愛情與情慾的書寫（或藝術創作），難以成為經典。為什麼呢？

我以當代藝術為例。當我們走進當代藝術展場，常有一種眼花撩亂的感受，彷彿許多作品正對著觀者喊：「看我！看我！」如此喧囂繽紛固然有吸睛的動機，但更多的是藝術家用激進的方式來表達自我的情緒和看法反而適得其反。強大的激情、動機或許是創作的活力來源，但只有情愛和慾望的情節，會流於人性本能的抒發與慰藉，過度強調血性的衝動，容易流於鄙俗。

我們為什麼要花時間理解藝術家說什麼？除非他觸動了我們的心，讓我們感受某種精神性的愉悅，感受不曾發現的力量。或者，作品傳達超越地域時空的概念，像是在跟我們的靈魂溝通，呈現世界的深邃意義。於是，觀者（或讀者）在作品中發現永恆，彷彿在有限的生命中找到知音。

走向藝術之路的戈特孟，除了聖母之外也必須雕刻約翰，才能在血性和精神的衝突與融合中前進，這才是藝術家的全貌。

經過一年多，師傅打算要將工作室交給高徒，也要把氣質高雅的女兒嫁給他。但是戈特孟驛動的心沒有停歇，規律的生活讓他覺得困在枷鎖之中。放逐街頭、打滾幹架、勾引女人和爭鋒較勁，反能帶給他生命的熱情。他還想觀察悲苦與死亡，看盡一切人生百態。

他再度流浪。

經過一個又一個被黑死病吞噬的村落。他救出一個全家死於黑死病的孤女，帶她避居到森林苟活。某天，女孩被惡漢強暴，戈特孟趕來營救，殺死了對方，但女孩因此感染黑死病。他沒有拋棄女孩，抱著她死在懷中。由於黑死病無情肆虐，有人丟下父母，有丈夫不顧妻子，有人乘機打劫，更有人將這末日景象怪罪於猶太人，視他們為黑死病帶原者而燒死他們。

他遇見一家被燒死的猶太人孤女，乞求幫忙收屍埋葬。事後，他想追求這位美麗的猶太女郎，但被怒斥是偽善和壞心眼的基督徒。

戈特孟想回雕刻師傅家，卻發現師傅已死，人事全非。

接著，他和住在城堡內的伯爵夫人萍水相逢，爆發激烈的情慾。伯爵發現事有蹊蹺，戈特孟遭到逮捕，等著送上絞刑臺。這一幕，被來訪的神父看到，主動告訴僕人可以提供刑前告解。戈特孟聽見了，設法解開繩索，他打算當神父開門進來，就乘機打死他，穿著他的衣服逃走。但是，他萬萬沒有想到，神父是來救他的。他是那齊士。

那齊士已成為修道院院長，並更名為約翰。他帶戈特孟回修道院。

兩人久別重逢，自有說不盡的往事。戈特孟毫不避諱，娓娓道出自己的經歷，說著說著，他問那齊士，為什麼這個世界變得像地獄，問他曾阻止基督徒殺害猶太人嗎？那齊士回應他無力阻止。他反問戈特孟是否阻止過？答案也是沒有。在一番來回詰問之後，戈特孟激憤的說：

好極了，我終於明白你們這些學者所想的事情了。你們承認人性是惡的，世上的生活是罪惡與醜陋的，但在你們的思想與教科書裡，卻到處都是正義與完美，這證明了那只是虛幻的存在，確實不能拿來使用的。（注103）

那齊士明白戈特孟這番表達屬於情感的宣洩，而不是透澈的思想；是選擇性的記憶和批評，而不是客觀的看待世界。聖經描述的世界完全不乏罪惡與醜陋，所以戈特孟的指責是偏狹的；而就戈特孟自己來說，他殺了人，但知道信仰上可以因為悔改而得到寬恕；他看盡黑死病的肆虐和對猶太人的屠殺，但他依然不顧一切、追求不倫之戀。這種憤世嫉俗的情緒，到二十一世紀的今天依然普遍存在。那齊士冷靜的回答：

為什麼你說我們的正義觀念是沒有用的呢？這正是我們時時刻刻在使用的啊！譬如說我是院長，領導一個修道院，在這修道院裡的生活與外界的生活是完全一樣的，有罪的。但是我們不斷用正義的觀念去對付原罪，用它來衡量我們不完美的生活，糾正罪惡，努力保持與我們的生活與神的關係。（注104）

藝術與哲學

冷靜的那齊士了解戈特孟不斷用情慾的滿足自我，以忘卻世間的悲慘與不仁，形同一再循環的痲醉與逃避。那齊士問有試過其他的出路嗎？戈特孟說藝術，也談起其中的緣由。

藝術品也會消失，會被燒掉，破壞或摧毀的。但藝術作品總比某些人的生命長些，而形成瞬間的彼岸，一個有形的與神聖的平靜王國。所以，我覺得參與藝術工作是好的，是頗堪引以為慰的，因為這幾乎是把剎那化為永恆的工作……一件好藝術作品的原型雖然都有其創作的動機，但這並非活的形態。原型不是血與肉，而是精神。那種形象是藝術家靈魂的故鄉。那齊士，我希望有

注103：宣誠（譯）《知識與愛情》，志文出版社，頁260，〈第十七章〉。
注104：宣誠（譯）《知識與愛情》，志文出版社，頁260-261，〈第十七章〉。

一天能把那些融入我的精神的形象中，然後拿給你看看。（注105）

聽到這段精采絕倫的心得，那齊士滿是驚訝，直指戈特孟的話已觸及哲學的核心議題。

你說「原型」除了創作的精神以外，是什麼地方都不存在的，但素材是現實的，是看得見的形象。這看得見的形象較之藝術家靈魂中的形象卻存在得更長遠，這樣的形象——「原型」——是同樣正確的，從前的哲學家把它稱為「理想」……你承認人生是處在混亂的、痛苦的戰場裡，承認創造的精神是存在于這種無窮的與無意義的肉體的死亡舞蹈中。瞧，當你還小的時候，我已注意到你身上有這種精神了。這種精神在你並不是思想家的精神，而是藝術家的精神。但是藝術家仍然是精神，這種精神是從感覺世界的混亂中，從快樂與絕望之間的游移不定中指示了你一條路。啊，兄弟，我聽見你這種招供，我就幸福了。從你離開你的老師那齊士起，你已發現了你自己的勇氣，這正是我所期待的。

現在我們可以重新做朋友了。（注106）

戈特孟所謂「藝術的原型」，就是永恆的追尋，儘管藝術主題和創作動機或許有異，但是藝術家的任務便是在這一切看似破碎的、無意義的、終將死亡的表象世界中，找到真實的意義，追求永恆的存在。從戈特孟的這段話，我們明白，雖然他本著酒神的血肉，離開精神的機構（修道院），探索欲望與危險的世界。最後，他在藝術創作發現永恆的可能。為了獲得永恆，他所從事的藝術創作，就不能只是血與肉的演譯，因為那易於腐朽，過於淺薄。藝術家必須從探索世界的過程中，淬煉出觀察與省思，從靈魂和生命之間，擷取精神的形象，表現於作品之上。這就是戈特孟的藝術「原型」。

反之，那齊士追求「哲學的理想」，則是走一條截然不同的路徑。

注105：宣誠（譯）《知識與愛情》，志文出版社，頁262-263，〈第十七章〉。
注106：《知識與愛情》，志文出版社，頁263，〈第十七章〉。

要理解他的思路邏輯，必須從柏拉圖的思想著手。如果用極簡的方式形容，柏拉圖認為至高世界的主宰，是一個無從定義的神，我們不知其形象，但祂是至善，也是真理；而我們所處的現實世界，是至高理想世界的表面或陰影，人們無法用感官明瞭真理，必須不斷抱著懷疑的態度，用智慧來追求臻於至善（on the form of good）的知識。雖然人的生命與智慧有其極限，真理與真實永遠無法完全獲得，但我們仍應窮盡一切努力去追求。柏拉圖死後，有希臘裔學者將柏拉圖的思想作為詮釋《新約聖經》的哲學基礎，認為柏拉圖所形容的神就是耶和華，這種結合柏拉圖思想和基督教義的哲學稱為「新柏拉圖主義」。

順著這個脈絡，我們就可以理解那齊士所追求的「理想」是盡其一生接近神，以智慧和知識的追求，理解神的心意與計畫，藉此勸導世人，即便在亂世也要保持對神的信心，因為俗世的世是短暫的，人必須以懺悔獲得救贖，活出耶穌基督的樣子，為進入天國預做準備。

那齊士聽了戈特孟的告白，赫然發現這位生於血肉的浪蕩子，透過藝術創作追求永恆，他以世間不完美的受造物（譬如人）為本，藉由雕刻藝術傳遞精神的原型，那豈不和思想家、哲學家所追求的「理想」殊途同歸？

那齊士為戈特孟安排了工作室，請求他留在修道院創作。眼見一件件作品的完成，那齊士為他所愛的摯友感到驕傲，卻也對自己一生的來時路感到徬徨、悲傷。

他選擇了光明世界，依循學問和智慧的養成來追求真理，過著清晰、秩序、規律、理性的生活。這種生活並不容易，需要犧牲和不斷的克制才能做到。然而，真實的世界距離他很遙遠，讓他感到心虛。反之，戈特孟從感官出發，他固然過著狂放不羈和貪欲放縱的日子，到今天仍然對上帝的信心薄弱，但是他以自己的身體和靈魂感受自然的奧祕，活在人群中經歷世間的一切，在藝術創作中找到了追求原型與理想的道路，這豈不也是神的安排？那齊士反覆思量，自己一輩子與世隔絕，活在高牆之內的人生，真的比戈特孟好嗎？

最後，赫塞為這部小說留下開放式的結局。

那齊士一直深愛著戈特孟。這分愛是滋潤一生的泉源，也是上帝對他的憐憫。反之，年老色衰、疾病纏身的戈特孟，失去了追求的熱情。臨終前，戈特孟在耗弱狀態下，對上帝依然沒有信念。他雖然對於那齊士的告白感到安慰，但此刻已準備迎接死亡。戈特孟僅剩的唯一冀盼，只有母親，他覺得母親在生命的另一端呼喚著他。

寫到這裡，我想引用小說裡，年輕的那齊士對戈特孟所說的話，來作為兩人命運的注腳：

這是我的真心話，我們的使命並不像太陽與月亮那樣互相替換，也不像大海與陸地那樣靠近。我們倆只是海與陸，是日與月本身，但我們的目的不同，不是交互而行，而是互相認識，互相看見，互相尊敬的學習，互相截長補短。（注107）

浪子回頭

因為一次世界大戰傷亡慘烈，以及親人陸續遭逢變故，讓一向選擇體制外、非主流路線的赫塞，對歐洲基督文明進行了一回尖銳的總批判，這是《徬徨少年時》的書寫背景。他化身為主角辛克萊離開光明世界，堅持要走一條屬於自己的道路。在成長摸索的過程中，他造了一個既善又惡的神，來解釋世間荒謬的現象，支撐自己在幽暗世界孤獨行走的勇氣。他之所以造這個神，不是另立一個宗教，而是為了顛覆長期以來的信仰。他受到無神論哲學家和心理學家的影響，人要靠自我的爬梳來理解自己，要靠自身的意志與準備，來面對這個變動的世界。

三年後，赫塞的興趣轉移到他長期研究的印度和佛教，而寫了《流浪者之歌》（又

注107：《知識與愛情》，志文出版社，頁48，〈第四章〉。

譯為《悉達多》）。當他在瑞士一個國際會議朗讀此書末章時，除了印度籍學者，沒有多少人能理解，以至於有人說赫塞是個佛教徒。根據赫塞的表弟，漢堡大學教授耿德爾特轉述：「一個和赫塞不相識的法國女占卜師看了赫塞的面相說：『你在歐洲是個外國人，你前身是喜馬拉雅山中的隱者。』可是，赫塞到印度遊歷時，仍然覺得自己是個外國人，深切感受到他的樂園不在東洋的南方，而是在自己北國的未來中，甚至於只有存在於他的自身之中。」（注108）

多數讀過赫塞作品的人也會感受到作者具有強烈的流浪者特質。從《鄉愁》、《徬徨少年時》、《流浪者之歌》到《知識與愛情》，都看到赫塞終生不輟的探索，尋找自我。儘管《知識與愛情》呈現兩種典型的辯證：有神／無神、以神為中心／以自我為中心、敬神／背神的兩極，但全書篇幅大多描述放逐流浪的戈特孟，這似乎意味著赫塞著墨的分量集中在基督思想的對立面。

年過七旬有餘，有人問深受印度、佛教，以及無神論影響的赫塞，是否還有信仰？

他這麼回答：「我受父母養育，承襲聖經的指導——不是傳道的內容，而是他們所活出來的基督教義——這是形塑我一生最強大的力量。」這段話可能讓不少人驚訝！然而，如果讀者仔細找出戈特孟的人生重大轉折的事件，便知當時的赫塞已浪子回頭。

在《知識與愛情》中，赫塞化身為戈特孟，透過那齊士的開導，依自己的天性，走出父親安排的命運，離開修道院，進入自然與世俗的世界。他遍歷大地寒暑，飽嘗飢餓與痛楚，但是戈特孟以恩典的見證者活了下來。他像個受寵的孩子，任憑情慾橫流，沿途追逐萍水相逢的女人。他目睹瘟疫、種族屠殺，甚至自己也殺了人。儘管信仰薄弱，但還是走進教堂告解，請求寬恕。他在那裡看見聖母像，因而觸動他的藝術魂，在人命如螻蟻的世界，找到抓住永恆的可能。就在與伯爵夫人有染的情事爆發，被城堡主人逮捕入牢，準備送上絞刑臺之際，竟被前來造訪的那齊士出手相救，回到

注108：徐進夫（譯）《流浪者之歌》，志文出版社，頁22-23，〈赫塞的生平和名作：悉達求道記〉。

流浪的起點——修道院。之後，分屬光明與幽暗世界的兩個人，分享了彼此的遭遇。在辯證的過程中，發現雙方殊途同歸，分別以精神和藝術的形式追求理想。在飄泊一生後，他在修道院終老。

看到這裡，一個無可懷疑的真相已然揭曉，戈特孟——赫塞的化身——的一生都活在基督裡，並在那齊士所象徵的使徒約翰（耶穌最愛的使徒，戈特孟雕刻的對象）懷中安息死去，為他的一生畫上句點。

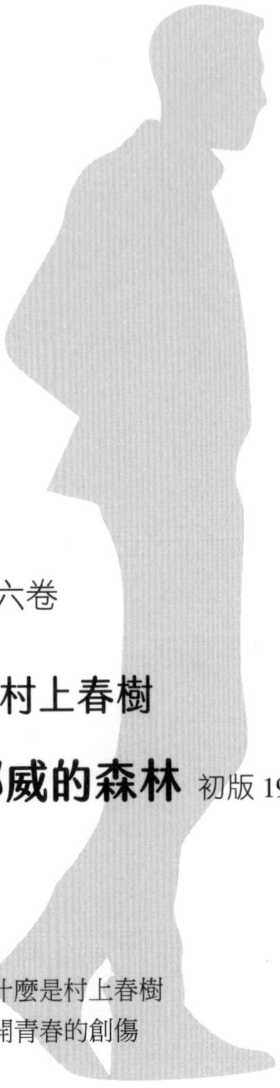

第六卷

#村上春樹

挪威的森林 初版 1987

為什麼是村上春樹
掀開青春的創傷

生命中不可逃脫之重
想像力的美學

為什麼是村上春樹

作為經典文學的導讀人，我以成長小說為航線，試圖引起廣大讀者的共鳴，選擇歌德和赫曼．赫塞為起航點和中繼站，有其文學運動——從狂飆突進到浪漫主義——的脈絡，而村上春樹成為文學之旅的跳點終站，不僅是跨入當代文學景觀，也從西方航行到東方；從追尋人生積極意義的現代主義轉折到面對虛無人生的後現代風景，意圖探問文學之路將走向何處？

村上春樹是當代最受歡迎的日本作家，擁有無數讀者，很少愛書人的書架上沒有他的作品。也有不少純文學作家對村上小說的風行，視為一種閱讀質量的庸俗化現象。譬如：書中大量關於性的描寫用以刺激感官；恣意出現的商品名稱一如安迪．沃荷的普普藝術；而面對空虛的喃喃囈語更有如流行歌曲的副歌，正好將村上作品打入大眾文學之流。

近三十年前，朋友急切的推薦《挪威的森林》給我，在匆匆讀過後，也有「不過是東洋版的精緻言情小說」的感受而放下。直到《海邊的卡夫卡》，受到不小的衝擊，有如海嘯襲來，捲入浮光幻影的超現實異境，過了好一段時間才走出來。此時，回頭再讀《挪威的森林》，果然發現過往輕忽的時空背景，以及作者深埋在記憶邊土的無聲吶喊。

村上春樹出生於京都，在神戶就讀中學，之後在東京上大學、工作。父母都是中學日文老師，從小培養他閱讀日本經典文學，但他興趣缺缺，也自承對日本文學未曾感動過。然而，他卻對世界歷史和西方文學著迷，因此練就不俗的英語能力，在高中時期就翻譯偵探小說，成為終身的嗜好。村上將翻譯視為日常思考的對比和重新設定，也因此培養出新的日語文體。雖然，村上的文字被視為不夠純粹，在日本受到激烈抨擊，但他清新且富都會風情的語詞——「村上體」具有相當的魅力，成為認識他的作品的重要起點。

村上春樹生於二戰之後，沒有經歷戰爭革命、殖民或被殖民、種族衝突或貧窮饑荒，在堪稱順遂的生活中成長，少了時代的劇烈震盪，也就少有可歌可泣的故事題材，這是過去半個多世紀以來，新一代作家所面臨的共同困境。以《挪威的森林》為例，他認為大學時期曾經發生的學運，根本「不值一提」（注109）。

當時，美日安保條約簽訂後，面臨一連串來自美國對於日本政治與經濟的指導性要求，引起青年不滿。繼之，大學窄門驟開，大學生的身分不再是前途的保證，而學費又不斷上漲，懷著理想的青年對前景感到夢碎，認為大學是帝國主義的教育工廠，大學自治只是幻想，因此引發各地大學生串連「全學共鬥會議」（簡稱「全共鬥」），紛紛自行占領校園，提出「大學解體」，「自我否定」等主張。然而，就在情勢愈演愈烈之際，一些帶有強烈「赤軍」色彩的團體，犯下超越人性的暴行，包括策畫劫機

注109：賴明珠（譯）《身為職業小說家》，時報出版，頁122，〈第五回——那麼寫什麼好呢〉。

到北韓，殺害警察，虐待或處決不夠堅貞的團隊成員等等，這些事件讓社會大眾對學生運動的同情支持瞬間瓦解。身處其中的青年村上，既不信任政府，也對「全共鬥」學生一面喊革命、一面在乎學業文憑的兩面嘴臉感到不屑，這場轟轟烈烈的革命失去了正當性，甚而導致年輕人對社會冷漠。因此，村上說出不值一提的評語，有其失落的感慨。

在大時代遠離，沒什麼可寫的時空下，要拿什麼和前輩大師相抗衡呢？村上的策略正是從「沒什麼可寫」的地方出發，他寫那些難以歸屬、什麼都不是，不追求人生大夢的心靈荒漠族群——世上最大多數的——你和我。當我們遭遇各種問題時，往往落入不知怎麼形容的失語困境，村上便以「不說明」的方式來處理，也就是不說破某種情境和思緒，而以一首歌，一段音樂或一道料理來取代，讓小說創造多重意境的空間，讓畫面立體起來，讓讀者輕易進入。他用詞輕巧不沉重，避免成語不說教，營造說話的親切空間感，拉近作者和讀者的心理距離。這是村上極富特色的文體風格，是我選擇村上的理由之一。

在「沒什麼可寫」的時代，卻不斷有新的創作，彰顯他不凡的創意能力。他透過閱讀、翻譯和生活周遭體驗，竟能揉合出樣貌各異、穿越時空的故事情節，有其作為專業小說家的獨到之處。有興趣了解的朋友，可以參考《身為職業小說家》。

村上廣泛閱讀的範圍以西方文學為主。一如《挪威的森林》主角極為推崇費茲傑羅的《大亨小傳》，認為是世上最好的小說，村上本人也逐字翻譯過此書；而費茲傑羅所代表的爵士年代，也是村上喜好的音樂類型，但更值得注意的是，他大學就讀戲劇系的背景。村上常說他大學未曾專注學習，若對照當時「全共學」的背景，也的確不容易讓人專心課業，但希臘悲劇帶給村上的幾乎是本質性的影響，貫穿他作品的思路理念。

對古希臘人來說，文學戲劇詩歌所指涉的悲劇，並非是疾病、意外或因不幸帶來的痛苦遭遇。在古希臘世界，神與人分離兩界，人死後永遠也上不了奧林帕斯天界，只有冥界一途。人在命運（或天神）作弄下，無法勝天，竭力趨吉避凶亦不可得。在死命難逃，生時有難，仍要追求高尚的情操，活出生命的意義，這是希臘悲劇的真諦，也成為西方文學哲學性的根源與基礎。

《挪威的森林》書中人物有很多缺陷，生命脆弱易折，時時抱著死的想法過活。在虛無的時代，生命的積極意義消蝕在幽暗世界裡，人該如何面對生的痛苦而勇敢的活？音樂的旋律，食物的香氣，肉體與性的激盪，或許能帶你找回生命的依戀。更重要的是，村上藉由小說人物經歷的悲傷和憐憫，帶給讀者情感的純粹與淨化，具體呈現希臘悲劇的精神內涵，給現代人們無比溫暖的慰藉。

掀開青春的創傷

《挪威的森林》在一九八七年出版。小說以三十七歲主角渡邊徹的口吻，回述一九六〇年代末期，大學時期的戀情。其時空背景和主角的成長經歷帶有作者的自傳色彩，有濃厚的成長小說風格。

小說一開始，三十七歲的主角渡邊徹在飛抵德國班機上，聽見披頭四〈Norwegian Wood〉的管弦樂版時，觸及傷感的往事。這段回憶的書寫，詞彙細膩動人，成為一九九〇年代臺灣都會小說競相效法的典範：

在經過十八年歲月之後的今天，我依然能夠清楚的回憶回想起來那草原的風景。在連續下了幾天輕柔的雨之間，夏天裡所堆積的灰塵已經被完全沖洗乾淨的山林表面，正閃耀著鮮明湛深的碧綠，十月的風到處搖著芒草的穗花，細長的雲緊緊貼在像要凝凍了似的藍色天頂。天好高，一直凝視著時，好像眼睛都會痛起來的地步。風吹過草原，輕輕拂動她的頭髮再穿越雜木林而去。樹梢的葉子發出沙啦沙啦的聲音，遠方傳來狗吠的聲音。簡直像從別的世界的入口傳來似的微小而模糊的叫聲。除此之外沒有任何聲音。任何聲音都沒有傳進我們的耳裡，迎面沒有遇見任何人……（注110）

年輕時，渡邊在東京的一所大學戲劇系就讀，個性內斂，喜好閱讀英美小說。當時學生運動風起雲湧，他卻覺得他們虛偽，行事魯莽，缺乏智慧。

高中時期，渡邊和同學 Kizuki 經常往來，因而認識了同學的女友直子，三人經常聚在一起。某天，Kizuki 邀他打撞球後，回家接了汽車排氣管自盡。他和直子對於未能未及早發現徵兆感到相當自責，之後彼此失去聯繫。他無法解釋這一切，只能感嘆生命的荒謬。

將近一年後，渡邊和直子在東京的電車上不期而遇，開始交往。在直子生日當天，兩人做愛。他這才知道，直子從未和Kizuki睡過。那天過後，直子搬家，失去音訊。

大學期間，渡邊遇見學霸型的永澤學長，兩人都喜歡《大亨小傳》而成為好友。永澤經常領著渡邊遊蕩澀谷、新宿一帶的酒吧，示範撩妹把妹，談一夜情，屢試不爽。永澤的女友初美，出身富人之家，她深深愛著永澤，也知道永澤在外找女人睡覺的習慣。他們三人常一起出遊、聊天。當永澤考上外交官資格，三人一起到東京高級餐廳慶祝，席間聊到他和渡邊交換女床伴的風花雪月。事後，永澤派駐海外，而初美則找渡邊打了一場撞球。幾年後，她另嫁他人，兩年後割腕自殺。

大學期間，渡邊在希臘悲劇課堂上認識了小林綠。她生性活潑樂觀，討厭道貌岸然的學運分子。她恣意瀟灑，省下買內衣的錢來買鍋具；雖然叛逆，但很照顧家人。兩人曾有親密的肉體交會，但尚未走到最後一步。很重要的是，渡邊和小林綠在一起

注110：賴明珠（譯）《挪威的森林》，時報出版，頁8，〈第1回〉。

非常自在，無需下降到地獄去面對彼此的哀傷與苦痛。小林綠和渡邊其他的朋友都不同；她一樣有生活的壓力，經濟不優渥，照顧病重直到相繼去世的雙親。儘管她愛撒嬌，言語譏諷，但相較其他人，她從不耽溺於陰柔憂傷的深淵之中，有一股頑固堅強的勇氣。在典型的成長小說裡，綠應該是渡邊成長蛻變的轉折點。不過，在後現代的村上春樹作品裡，如此勵志的角色不僅稀缺，也不致成為扭轉故事線的支點，卻是主角渡邊最後的浮木。

有一天，渡邊收到直子的來信，才知道她消失的期間，住進京都深山的精神療養院。她的陰鬱脆弱有其痛苦的過去。姊姊曾是資優生，後來自殺；她非常親近的叔叔也一樣結束自己的生命；當她唯一愛過的男友驟然輕生，自己卻不是他生前最後陪伴他的人，繼而又和他們之間唯一有連結的友人渡邊發生關係，因而觸發了精神疾病。

直子的室友是三十好幾的玲子。她從小立志成為鋼琴家，因為壓力過大，曾住進精神病院。後來，她和身為工程師的鋼琴學生產生戀情，結了婚。某天，鄰居聽到她曼妙的琴聲，帶著女兒登門請求習琴。不料，玲子被這位十三歲的同性戀女學生纏上，在抗拒近一步親暱關係後，遭對方誣指，脅迫洩慾，不從便被毆打。玲子受不了鄰里異樣的眼光，夫妻搬離是非之地。然而她仍無法走出陰霾，也不想連累丈夫，硬是離了婚，再度陷入崩潰，住進精神療養院。現在，玲子雖已康復大半，但仍無法適應外面的生活。她想待下來。像監護人般的協助直子康復，心想說不定自己也能跟著痊癒。

渡邊前來探望，三人一起聊天，彈吉他，喝酒。直子最喜歡的音樂是披頭四的〈Norwegian Wood〉，這是三十七歲渡邊重返傷感回憶的音樂。渡邊獲得玲子的允許，和直子到療養院附近的河谷草原杉林散步。這是「挪威森林」的情境意象。

走著走著，兩人互擁。直子感到對方的褲頭有異，幫他弄了出來。他問她是否只愛前男友？

她回答：「如果 Kizuki 還活著的話，我想我們大概會在一起，相愛著，而且逐漸變得不幸噢。」

回到東京後，渡邊繼續和小林綠交往，同時也對自己和直子、小林綠的關係感到困惑。在無比寂寞的時刻，他意識到自己無路可走，好想和小林綠說說話。他知道自己愛著她。他克制和她做愛的欲望，但讓她幫助自己「弄出來」。

幾個月後，直子病情惡化，傳來自殺的噩耗。此時，玲子穿著直子的衣服來找渡邊。她彈著吉他，兩人一起唱了五十首西洋歌曲來紀念直子，其中，唱了兩次〈Norwegian Wood〉。末了，彈奏完巴哈的賦格，兩人做愛數回。

在相互告別後，小說來到終點。渡邊打電話給小林綠：「全世界除了妳以外，我已經什麼都不要了。我想跟妳見面談話，一切的一切都想跟妳兩個人從頭開始。」（注111）

書名與評價

《挪威的森林》其名取自披頭四同名歌曲。這和日劇《初戀》（2022）取材自宇多田光的同名歌曲〈First Love〉有異曲同工的妙趣。只是，披頭四的歌名原意是「挪威木（的房間）」，歌曲敘述男子到了一位女性住處，一棟挪威木裝飾的房子。兩人發生若有似無的一夜情後，男子醒來，對著空無一人的房間發出惆悵的情懷。這首歌曲在日本譯成富有詩意的「挪威的森林」。歌曲在一九六五年底發行，正是村上春樹就讀中學到大學的時期。村上春樹以此譯名作為書名，小說情節也和歌曲有近似的感傷情懷和虛無主義。

披頭四的〈Norwegian Wood〉洋溢著迷幻民謠情調，略顯超現實和反叛的歌詞，唱出一夜情的苦澀反諷，成為其代表作品之一，也名列搖滾歌曲的經典。

村上春樹《挪威的森林》出版時，不僅在日本創下最高發行量，也在許多國家帶

注111：賴明珠（譯）《挪威的森林》，時報出版，頁379，〈第11回〉。

出銷量熱潮。村上成為日本年輕人的超級巨星，但在文學界受到極大的非議，包括：作品充斥露骨的性愛情節。頻繁出現流行文化的品牌（如BMW、Malbroro）、歌曲和語彙（如BGM，背景音樂）；在提示語氣的句子——尤其是無可奈何的語境旁逐字加上頓音標點，（如「其實還是想要更多的噢，可是卻沒有理由那樣做」）；大量使用非純粹日語，經常夾雜翻譯腔的現象等等。

因此，在日本有兩個極端的村上現象：年輕人在經歷理想幻滅和經濟泡沫化後的疏離與失落中，從他的作品找到認同和慰藉；文學界則大加撻伐，認為「這種東西不能稱為小說」、「這種東西不能稱為文學」。

村上受到許多人喜愛與支持的同時，「感到非常孤獨，覺得自己被所有人討厭」，因而長期滯留海外，直到此書出版八年後才返回定居。這正好成為小說家追求「個人疏離性層面」（注112）的寓言與實踐，讓自己和所有的事情保持距離，以便看清楚什麼是不必要的，可以斷然捨棄；什麼是必要的，以便「安靜而深入的投入」（注113）小說家的任務。

接著，我們將聚焦圍繞著《挪威的森林》核心論點，探討為什麼會引起如此兩極的反應？

注112：賴明珠（譯）《村上春樹去見河合隼雄》，時報文化出版，頁13，〈第一夜〉。

注113：河合隼雄語。賴明珠（譯）《村上春樹去見河合隼雄》，時報文化出版，頁14，〈第一夜〉。

生命中不可逃脫之重

當人對生命的憧憬感到幻滅，不再追求崇高的理想，那麼「失去追求」的人生要怎麼走下去呢？

這不單是久陷失落二、三十年日本人的特殊境遇，也是現代人共同的景況。如同米蘭昆德拉在小說《生命中不可承受之輕》中，述說祖國命運多舛，飽受壓迫的無助情況，因而揭露「生命中不可逃脫之重」（注114），我們能感同身受，是因為他折射了我們共有的處境。

如同西方在「理性時代」之後，人們遠離上帝，感到傳統的「框架」被卸除，那麼地球逕自無意義的、物理性的自轉公轉，春夏秋冬不再具有任何寓意，那麼人們就只好兀自孤獨的行走，生命輕到無語的境地，終於領略「生命中不可承受之輕」！

十九世紀中期的詩人波特萊爾，在面對現代化帶來的虛無短暫，他一面以藝評家的姿態，呼籲有識之士抓住霎那即為永恆的景象，催生現代詩、現代小說和印象藝術的誕生；一面自詡為沒落衰敗中的貴公子，以慷慨赴義捨我其誰的冷傲，鍛鍊精準銳利的筆鋒，深入地獄飽吸惡毒黏液的花朵，在腐壞的身軀中展現誰奈我何的氣魄。但暗黑的旅程中，他卻不時發出與中世紀但丁對話的密碼，尋求最終救贖於星火之間。

然而，村上春樹書中的主角人物，對人生不懷抱憧憬，對於政府和學校的政令教條感到虛假，也輕蔑假面正義的學運分子。他成了體制社會以外，處於某種歪斜狀態的人。但他認為，外面社會是更加畸形的存在，人們卻安之若素的行走。

這些處於歪斜狀態、背負著創傷、殘缺或某種強迫性人格的人，幾乎都無法獨立活著，甚至與情侶、死黨或室友也難以自在相處，一不注意就會向下沉陷。因此，書中在不同時期，雖然總有人走開，但三人組之中總有介於社會內界與外界之間的渡邊。

注114：吳潛誠（校譯），《給下一輪太平盛世的備忘錄》，時報出版，頁20，〈第一講 輕〉。

高中：Kizuki／直子／渡邊

大學：永澤／初美／渡邊

療養院：玲子／直子／渡邊

在這段青春歲月，每個相遇都會分離；情感的交流，匯聚為人生意義的挖土機，不斷掏空，成為寂寞的黑洞。渡邊面對的是一個個突如其來的向他揮手，然後走向死亡的摯友，包括Kizuki、初美和直子。他是友人告別世界的最後一站，他意識到，自己成為地獄的入口。在面對揮之不去的死亡與寂寞黑洞，渡邊要如何走下去？我用幾個層次來分析村上春樹如何描述並處理這個沉重的議題——「生命中不可逃脫之重」；透過小說的形式，他要探尋自己是什麼？要如何從偽善的社會，飽受創傷的人群中走出來？

作家的任務

村上和小說主角渡邊都就讀戲劇系，書中提到上課主題是希臘悲劇。這不是方便為之的取材，而是小說暗藏的人生寓意，也是作家提供脈絡的線頭。渡邊和綠一起上「戲劇史II」，研究尤瑞皮底斯（Euripides，480 - 406 BC）。尤瑞皮底斯是古希臘三大悲劇作家之一（注115），他的作品常挑戰當道的價值，在世時鮮少獲得肯定。他的劇本角色呈現一種特有的孤獨，而被後世認為具有濃烈的「現代感」。村上作品的訴求與定位，似乎與之有所呼應。

一般來說，在文學或哲學上所指的悲劇，不是車禍、地震、意外災害、失戀、失去親人等單一事件所導致的死亡傷痛，悲劇是當沒由來或毫無道理的發生不幸，導致受害者陷入驚慌，籠罩在陰暗痛苦的深淵；悲劇的不可預測與殘忍，就像人生與世界

注115：其他兩位是埃斯奇勒斯（Aeschylus，525 - 456 BC）和索福克勒斯（Sophocles，497–406 BC）。

充滿了無可逆轉的缺陷。

尤里庇得斯的劇較少涉及宗教與人性的莊嚴，而是關照人生的孤單、絕望和混亂，側重人物心理狀態的呈現，透過心理的刻畫帶動劇情的發展。〈挪威的森林〉的初始篇章是這麼展開的：

飛機著地之後，禁菸的標誌燈消失，從天花板開始播出輕聲的背景音樂。不知哪個交響樂團正甜美的演奏披頭四的〈挪威的森林〉（Norwegian Wood）。而那旋律就像每次那樣令我混亂。不，那是平常所不能比的，更強烈的令我混亂，使我動搖。

在某次戲劇史課堂上，渡邊沒看到小林綠。下課後，一個人吃著難吃的午餐，周邊的人顯得非常歡樂，無比幸福，他卻感到無比的寂寞，非常難適應。於是他回想自己快樂的情景，是和Kizuki兩人打撞球，但是他在那一夜死去。他發現那種幸福被死亡包覆，在他繼續活著的生命中，時時有死亡造訪。

這種寂寞哀傷，在但丁《神曲》中不勝枚舉。但丁進入地獄之門後，第一個交談的靈魂是一位領主的女兒法蘭西絲卡。她在不知情、受騙的情形下，被許配給一位醜陋而不良於行的政治領袖詹卓托（Gianciotto Malatesta）。之後，她愛上了小叔保羅（Paolo Malatesta），他們的不倫戀被詹卓托發現，一怒之下將兩人殺死。但丁問她是怎麼陷入戀情的呢？法蘭西絲卡回說：「沒有比在痛苦之中回憶美好，更令人憂傷的。」處在人間地獄的渡邊亦是如此吧！

古希臘悲劇作家的任務，是在不和諧的人生奏出樂音，讓人能夠了解人的磨難、掙扎、奮鬥和毅力，我們在這無可逆轉的悲劇，用憐憫、嘆息和同理心，得到洗滌與昇華。在兩千五百年後的後現代社會，價值解構的世界中更是如此。

二〇二三年一月，我與日裔美籍藝術家藤村真（Makoto Fujimura）有一場座談。他提到九一一襲擊事件發生時，他就在紐約世貿大樓三條街外的工作室，從滿目瘡痍的廢墟中走了出來。他另一個家鄉，在十年後也發生了三一一東日本大地震。身為藝術家，他能做什麼呢？

他提到在研讀《聖經》的過程裡，發現在整本新約聖經中，耶穌哭了兩次；一次是上十字架之後所遭遇的痛楚，另一次是稍早在耶路撒冷附近的伯大尼村。當時，馬大和馬利亞姊妹差人請求在外地的耶穌到伯大尼的家裡醫治患病的兄弟拉撒路。耶穌抵達時，拉撒路已經死了四天，耶穌看見姊妹和眾人哭泣，他也哭了。之後，耶穌行神蹟讓拉撒路復活。試問：耶穌是人也是神，有行醫治和死裡復活的神蹟本事，為何不直展現神蹟，需要哭泣？原因是世間的苦難何其多，對人展現憐憫與同理心至關緊要。藤村真說，作為一個無從展現神蹟的藝術家，要透過作品展現美（Beauty）和憐憫（Mercy）。

當人們經歷重大的創傷，在短時間內無論什麼樣的安慰、擁抱和真理都無法治癒內心的憂傷，唯有藉著憐憫與嘆息，爬梳那段經歷，讓處於抱著地獄而活、失語創痛的讀者，得到安慰與洗滌，以便找到前行的力量，這是村上在小說中展現憐憫的目的。

至於作品的美學特徵，值得一個獨立的篇章來論述。

想像力的美學

村上春樹雖為戰後作家，但不會因為沒有大時代的劇烈變動、革命的經驗，而缺乏故事的題材。他的小說富有想像力，是作為藝術家和小說家的基本素養，也有部分原因是對大環境的一種抗爭。他說學運分子「最大的敵人不是國家權力，而是缺乏想像力。」村上春樹的小說經常出現超現實世界的情節，很能滿足讀者對虛幻小說的要求，這相當符合奧地利小說家海爾赫．布洛曼的主張：「發現在小說中才能發現的，這是小說存在的唯一理由。沒有發現存在中一分未知的小說是不道德的。」（注116）在《挪威的森林》中有幾個特質，我姑且稱之為村上春樹小說的美學特徵，值得我們玩味一番。

性愛

有人問我：「為什麼做愛場景那麼多？為什麼許多女生都要獲得性的滿足？」

作者設定的後現代世界裡，對於這些外界認為歪斜的、孤獨的靈魂來說，性愛本身就是與人最有切身溫度的連結。村上對於性的描述，一如喝啤酒的冰涼舒暢，或一首歌曲引發的感受一樣，他在乎引起讀者的反應。這與許多藝術家希望透過畫面的衝擊，對觀者產生印象深刻的反應類似。他在二〇一九年接受日本共同社的專訪提到：

自從開始小說寫作，我就強烈期望透過我的文字來觸動讀者的生理反應。舉例來說，很多人說他們看完《聽風的歌》真的就很想去喝啤酒。身為作者，這讓我很開心。

以性愛來刺激讀者的感官反應，是作家吸引讀者的策略，也有挑釁的意圖。他的

注116：孟楣譯，《小說的藝術》，牛津大學出版社，頁3，〈第一章 被貶低的塞萬提斯的遺產〉。

小說都在人最私密、最底層的部位進行反動，性必定是他要碰觸和挑戰的主題，也是標的。他甚至把性當成是儀式性、紀念性的運動項目。

多項運動競賽的最早文獻，出現在荷馬史詩《伊利亞特》和《奧德賽》。當希臘第一勇士阿基里斯為同伴帕特羅特洛斯復仇，殺了英勇的特洛伊王子赫克托爾後，他為同伴舉辦盛大的火葬儀式，偌大的犧牲祭品，包括各式牲畜，裝滿油脂的瓦罐。此外他號召士兵舉辦運動競賽：項目從賽馬戰車、摔角、賽跑、鐵餅、比武，進行到丟刀斧和標槍，並逐一頒發獎品給獲勝者。這項儀式與運動競賽成為奧林匹克運動會的起源。

到了《奧德賽》，當戰勝特洛伊的希臘英雄奧德修斯返鄉回航時，卻落得在海上流浪十年的命運。途中他曾被狂風侵襲，吹到希臘西北部小島斯開瑞亞，國王歡喜迎接這位英雄，滔滔不絕說到他們喜愛運動競技，「享受餐宴、舞蹈、抱琴、更換衣服、熱水澡和床笫樂趣」（注117），接著請盲眼詩人吟唱史詩，聚集士兵進行運動競技。

回到《挪威的森林》，在小說到了尾聲，直子自盡後，玲子害怕得快瘋掉，她知道自己必須走出來，決定去北海道投靠友人。她離開京都精神病院，先到東京找渡邊。見面後，他們做了一連串事情來為直子舉行葬禮，就像把古希臘祭典儀式以後現代的方式來演繹。包括：澡堂洗澡（淨身）、祭葡萄酒（祭酒）、排火柴棒（火祭）、抱著吉他（抱琴）、連唱五十首西洋歌曲（詩人吟唱）。末了，兩人擁抱，一夜做了四次愛（床笫樂趣）。

聲響和音色

在《挪威的森林》，藉由自然或動植物的描繪，是影射小說人物心理極重要的手法。因為，當他們的遭遇讓人失語，不知道該怎麼說才好，經常落入無法表達的情境。

注117：呂建忠（譯注）《荷馬史詩奧德賽》，2018，書林出版，詩行248、249，〈卷九〉。

藉由風景事物的形容，作為心理慾望象徵，道出寂寞哀傷，是村上擅長的筆法。不過，這種表達方式在其他作家也經常可見，他特別的地方是，在呈現人物內心獨白時，經常安排一段生動而極具創意的聲音入場，巧妙貼合角色孤寂顫慄的心境。當渡邊造訪精神病院，直子談起往事，責怪自己明明愛的是Kizuki，卻和渡邊做愛，心情難以抑制，打破了玻璃杯。玲子請渡邊去外面散散步，讓直子冷靜。

我順著被奇妙而非現實的月亮照射下的道路進入雜木林裡，漫無目的、移動著腳步。在那樣的月光下各種聲音以不可思議的方式響著。我的腳步聲簡直像走在海底的人的腳步聲一樣，聽起來像是從完全不同的別的方向遲鈍的傳來似的，偶爾背後發出咔沙一聲小而脆的聲音。夜間動物們好像在屏著氣息一直安靜等著我離去似的，林間散發著這種沉重的苦悶。（注118）

當玲子在鋼琴課受到年輕女學生性的挑釁與侵略以後，作家這麼描述：

那孩子出去以後，我坐在椅子上發呆了一陣子。不知道該怎麼辦才好。從身體的很深處可以聽到心臟怦怦鼓動的鈍重聲音，手腳沉重得很，嘴巴簡直像吃了蛾一樣沙沙的。（注119）

村上另一種敘述聲音的方法，是透過音樂引領讀者進入小說的情境、特別是他喜愛的西洋歌曲、爵士樂和古典音樂來展現隱喻。這種作法已成為村上的標誌，但也引起論者便宜濫用的批評。但在這本小說採用披頭四的歌曲作為書名不是隱喻，而是昭然若揭的明喻。歌詞的內容是：

我曾有過一個女孩，或者應該說，她曾擁有我
她帶我看她的房間：挪威木的，還不錯吧？

注118：賴明珠（譯）《挪威的森林》，時報出版，頁150，〈第6回〉。
注119：賴明珠（譯）《挪威的森林》，時報出版，頁205，〈第6回〉。

她留我下來，讓我隨意坐
我看了看，發現沒有椅子
我坐在地毯上，消磨時間，喝她的酒
我們聊到兩點，她說：該睡了
她說她早上得工作，大笑了起來
我說我不用，然後爬到浴缸去睡
醒來時只有我一人
鳥兒飛了，我點了火
挪威木，還不錯吧？

這是直子最喜歡的歌曲，不但成了書名，作家也把歌詞內容搬進了小說情節。

直子走了以後，我在沙發上睡覺。雖然並沒有打算睡的，但我在直子的存在感中，好久沒有這樣深沉的睡了。廚房有直子使用過的餐具、浴室有直子使用的牙刷，臥室有直子睡覺的床，我在那樣的房間裡，好像從細胞的角落裡擠出一滴一滴的疲勞感般深深的睡了。並且夢見昏暗中飛舞的蝴蝶，我醒來時……總覺得好像一個人生活在整理得很周到的廢墟中一般。（注120）

當引喻毫無保留的借用流行音樂歌詞，的確折損了小說的藝術性，但卻吸引許多非文學的讀者進入文學的世界，仍是一樁美事。

隱喻

村上所運用的歌曲、音樂，書籍、食物、飲料和人造物件等符號象徵，幾乎全是

注120：賴明珠（譯）《挪威的森林》，時報出版，頁139，〈第6回〉。

西方的，小說的語法帶有翻譯腔的清新感，作品也在國外完成。這刻意與傳統文學和文化切割的作法，讓小說呈現與日本文學截然不同的樣貌，小說人物也就藉由這些符號的標示，顯得有格格不入的飄蕩感。

從文學技巧的運用來看，舉凡小說裡出現的每個物件——無論是樹葉、拿波里麵、貓頭鷹、撞球、歌曲〈Hey Jude〉、書籍《大亨小傳》都有其隱喻，會讓人產生綿延不斷的聯想，這對無可逃脫之重的沉滯壓力帶來舒緩的作用。雖然小說肩負傳達哲學的重量，但配合適當的律動和節奏，運用輕盈的方式帶進豐富的五感——視覺、聽覺、嗅覺、味覺和觸覺——和聯想力，引領讀者浸淫其中，拓展變化無窮的想像空間，這是村上熟悉的手段。

村上也曾說他用「不說明」的方式，將各種場景、物品、印象丟進小說的容器裡，任讀者去吸收演繹，甚至能為作品產生穿越時空的生命力。譬如，渡邊到經營書店的小林綠家裡過夜，兩人相擁而眠。但渡邊睡不著，走到樓下看看有什麼書可以拿來讀。

過了好一會兒，終於瞥見很久沒賣掉、書皮泛黃的《車輪下》。他心裡想，若不是在這種狀況下，不可能重讀一遍吧？他打開一瓶蓋子有灰塵的白蘭地，意猶未盡的讀完這本赫塞的作品。此時天亮了，小林綠還沒醒，他留下字條，寫著「買了《車輪下》帶回去」。

村上沒有點出小說的內容，留給讀者想像的空間。

《車輪下》是赫塞另一部帶有自傳色彩的小說。內容敘述一個聰穎青年漢斯，以優異的成績進了聲譽卓著的神學院，但僵化的教育體制，沉重的課業，逼得患有頭痛隱疾的漢斯犧牲了他所愛的大自然，捨棄一切休閒活動，全力投入學業以符合父母和親友的期望。他在學校遇見了海爾曼——一個熱愛自由、強烈批判體制、瀟灑活潑的對手與同伴；一個像冷靜、敬業的太陽神阿波羅，一個像熱愛自由與體驗的酒神戴奧尼索斯，兩人互相需要，相輔相成。然而，學校師長認為海爾曼帶給漢斯不良的影響，最後開除了他。漢斯失去了重心，精神崩潰，也離開學校。之後，他變得冷漠空虛，最終淹死在河流裡。赫塞將社會比喻為無情的車輪，凡不適應而暈倒的人，都會遭到碾壓。

村上在故事走到四分之三處，安插了《車輪下》的隱喻。他從漢斯和海爾曼的彼此需要，投射在渡邊和綠身上。如果渡邊要擺脫死亡巨輪的陰影，他必須找到綠，帶領他脫離險境，登上希望之路，而這正是小說的結局。

作者藉由《車輪下》作為小說旅程中的一扇門，讓讀者可以走出去探索一圈再回來，這門外的時空象限，也為角色刻鑿更豐富的心理歷程，甚至埋藏了故事終章的線索。

在《挪威的森林》之後，他不只擴大隱喻的使用，將希臘神話作為故事發展的脈絡。他更進一步交織東西方文學作品的文本寓意，形成一部光怪陸離、交錯阡陌但扣人心弦的長篇小說《海邊的卡夫卡》。這是下一卷要揭祕剖析的作品。

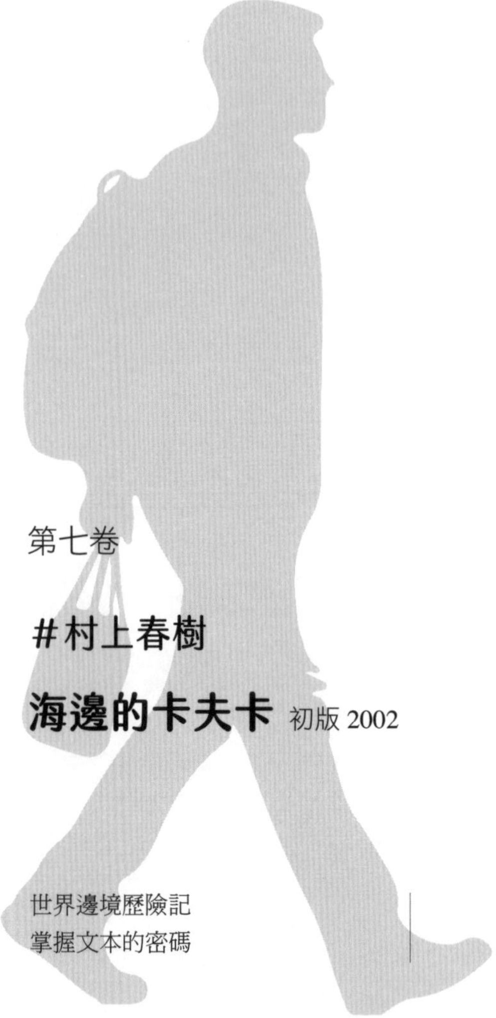

第七卷

#村上春樹

海邊的卡夫卡 初版 2002

世界邊境歷險記
掌握文本的密碼

希臘思想的困境

世界邊境歷險記

出走

田村卡夫卡四歲時，母親帶著姊姊離家出走。父親對他說，將來有一天，他會殺了父親，並與母親和姊姊交合。隨著卡夫卡的成長，這段話語揮之不去，不定時的在腦海裡重複播音。他說：「那是對我的預言，也是詛咒。他在我身上做了這樣的系統設定。」少年一面操練身體，讓自己強壯；一面和一隻虛構的烏鴉對話，讓孤獨的自己變得勇敢。

少年沒有透露自己的真實姓名，「卡夫卡」是他對外的稱號。為什麼取這個名字？「卡夫卡」在捷克語是烏鴉的意思。少年像一隻落單的烏鴉，自己必須強健起來。到了十五歲生日前夕，卡夫卡決定離家出走。

小說平行發展的另一條線，是年紀六十歲的中田。他從小資質聰穎，在二戰期間，為了避禍，舉家從東京搬到富士山附近。某天，小學老師帶班上學生到山中採菇。老師的丈夫和父親都在戰場陣亡，在戰後混亂的時期又失去了母親。出發前一晚，她夢見去海外打仗的先生和自己激烈做愛。隔天到了山裡，老師突然流出大量經血，只能用手巾擦拭。之後，中田無意間撿到血紅的手巾，讓老師驚慌失措，憤而怒摑耳光，目擊的學童們驚訝之餘全都昏了過去，但後來只有中田長期昏迷。醒來後，他喪失了記憶，也失去複雜的思維邏輯能力，退化到白紙般的狀態，卻有了和貓溝通的本事，甚至從貓學習到觀察和理解世界的眼光。

數十年後的某一天，一隻狗引導六十歲的中田到一個人家裡，發現他長期殺貓。對方要中田殺了他，才會停止暴行。中田拒絕，他便持續宰殺，殺到中田所熟識的、一隻會聽歌劇的暹羅貓時，中田終於忍不住拿刀刺殺了他，以阻止這項惡行。

根據電視報導，死者是一名雕刻家，卡夫卡的父親。中田到警察局自首、做筆錄。

結束時，他說明天會有很多魚從天而下，讓警方堅信他是失智老人而請回。隔天，天空下魚。中田突然心生離開東京的念頭，沿途搭便車西行。

小說共有四十九章，單數章是少年卡夫卡離家出走的故事，而雙數章則是在平行時空（**alternate reality／alternate universe**）的中田所展開的旅程。

如果說赫塞的小說大多帶有自傳性質，那麼村上的小說則不斷投射青年或少年時期的自己。在《海邊的卡夫卡》，主角以青春的心靈和眼睛來經歷人生的奇幻旅程；反之，六十歲的中田先生，雖然讓相關的對話呈現成年人的世界，但因為他是個腦力退化，卻又經常目睹神蹟奇事的魔幻般人物，藉由這個角色的出現，一方面是處理不方便由少年直接面對的事情，另一方面是對搭載他的旅行同伴——二十五歲的司機星野——揭示人生新的可能。

際遇

卡夫卡搭深夜巴士離開東京，在車上認識了個性灑脫，像小姊姊的櫻花。她是《挪威的森林》裡小林綠的翻版。兩人坐在一起。她的頭靠著他睡，下車時留下電話。

某天晚上，卡夫卡渾然不覺的在一座神社附近倒下，晚上醒來時衣服有大量的血。這暗示平行時空的中田所代為執行的殺父跡象。

驚慌之際，他打電話給櫻花，前去投靠。兩人睡不著，他不小心頂到了她，櫻花幫他用手做。「那觸感真是美好……她的手指很溫柔充滿感情，繞著接觸……」（注121）後來，他回到自己的睡袋，「醒來時，她已經不在，出去工作了。」（注122）這又是轉借《挪威的森林》（既有小說，也有披頭四歌曲）的橋段。

少年發現，和櫻花聊天時，自己才能與現實世界有所聯繫。他想待下來，但自忖還不夠好，希望將來更像樣一點，再來找她。

卡夫卡來到瀨戶內海邊，四國島高松市，看見一座優美的圖書館，覺得可以待一段時間。他認識了二十歲的管理員大島。大島患有血友病，身體是女性，但自我意識為男同性戀者，可以說是一位跨性別的人。大島很照顧少年，不但提供他住的地方，也開導他面臨困惑所需要的見識。

圖書館的經營者是苗條美麗、長相精緻、裝扮高雅的佐伯小姐。多年前，未滿二十歲的佐伯，曾出版一張單曲《海邊的卡夫卡》，唱片暢銷達百萬張。當時，她的男朋友在學運風潮中，莫名其妙的被冤枉打死。佐伯無法走出情傷，中斷學業。她離開高松市，沒人知道去向。二十五年後，她突然出現在母親喪禮中，接管家族世代的藏書，設立圖書館，對外開放。

注121：賴明珠（譯）《海邊的卡夫卡（上）》，時報出版，頁129，〈第11章〉。

注122：賴明珠（譯）《海邊的卡夫卡（上）》，時報出版，頁132，〈第11章〉。

與此同時，平行時空的中田在搭便車旅行途中認識了卡車司機星野。星野年少不愛讀書，愛玩，偷過機車，現在努力開車載貨。他從沒遇見像中田這樣的人：不認識字，為人客氣，只想往西走，一路上總發生各種怪異的事情和奇特的反應，超乎他能理解的範疇。

中田老說自己空空的，這讓星野省思自己的空虛到底又是什麼呢？他並沒有向中田一樣遇到事故才變成這副德性啊？豈不是都比空空的還低下嗎？帶著疑問和好奇心，在神戶卸貨之後，他決定跟著中田往西走。旅程中，中田常睡得很久，星野不再靠打電動來打發時間。他去咖啡店，突然懂得品味好咖啡，聽見好音樂。他赫然發現，本來自己愈年長愈喪失自我，現在卻有了改變。

平行時空的交會

數個晚上，一個極美的幽靈來到卡夫卡的房間。他知道是化身為十五歲的佐伯。

她目不轉睛看著牆上一幅畫。畫面是一個少年在海邊的沙灘上，明顯是歌曲專輯的主題「海邊的卡夫卡」。少年一方面嫉妒著牆上的畫，一面期待她再度出現。有一晚，佐伯現身，他明白那是現實中的佐伯，她的臉蛋和肌膚極為細緻，散發致命的誘惑力。她脫下衣服，兩人交合了起來。

卡夫卡問大島怎麼回事？有活著的人的靈魂嗎？大島說：

那是稱為「生靈」的東西。外國怎麼樣我不知道，不過在日本這種東西往往在文學作品中出現。例如《源氏物語》的世界就充滿了生靈。在平安時代，至少在平安時代人們的內心世界裡，人在某種情況下可以在活著時化為靈魂在空間移動，去達成他的心願。（注123）

注123：賴明珠（譯）《海邊的卡夫卡（上）》，時報出版，314頁，〈第23章〉。

這也解釋了中田先生的角色，他代替卡夫卡執行心中無法告人的幽暗意念，而佐伯小姐的出現，是他渴求母愛的願望。但是殺掉父親，與佐伯小姐交合，則是父親預言和戀母情結的實現。

此時，中田也抵達了高松市的圖書館。佐伯小姐拿出三大綑資料，是她所有的回憶。她請求中田帶走並全部燒掉，中田先生忠實履行她的請求，在河邊焚燬記憶。之後，兩人分別在旅館及圖書館裡，於安詳的睡眠中離開人世。

於此同時，大島先生告訴卡夫卡，警方因為調查殺人案而來到高松。無論他們是追尋中田或卡夫卡，情況都變得相當棘手。他決定帶卡夫卡去森林木屋避風頭。

卡夫卡來到這裡，一個人順著好奇心，走入森林祕境。走著走著，他心中升起一股既憤怒又哀傷的情緒，埋怨母親為何不曾抱過他，為何不愛他？這時烏鴉再度出現，告訴少年往事已矣，母親當初也深感恐怖與憤怒，才不得不遺棄少年出走。他要求少年不要耽溺在哀傷之中，必須試著原諒。他走到森林深處，遇見兩個穿著二戰時期軍服的士兵。他們因為不願出國打仗，執行人殺人的暴行，而來到宛如另一個世界的森林深處。他們知道少年會出現，便領著他前往一個更深邃的入口。

經過不見天日的穿梭，他們來到一處美麗開闊的谷地，耳邊響起熟悉的旋律——〈小白花〉（Edelweiss）。少年進入其中一棟房子，打開電視機，出現電影《真善美》（The Sound of Music, 1965）的畫面，這正是小學老師曾帶他們看過的少數電影之一。因為身體已經感到疲憊，他在房間裡不知不覺的睡著。醒來時，一個十五歲的少女為他準備餐點。他問少女怎麼在這個地方生活。少女回答：

你在森林裡的時候，要毫無縫隙成為森林的一部分。你在雨中的時候，要毫無縫隙成為降雨的一部分。你在早晨之間，要毫無縫隙成為早晨的一部分……我一方面既是我，一方面毫無縫隙的成為你的一部分，這是很自然的事

情，一旦習慣之後也是很簡單的事情。就像在天上飛一樣。（注124）

後來，她再度出現時，已經變成了佐伯小姐。她說已經把過去的記憶全部燒掉，但是她請求少年：

我要你記得我。只要你還記得我，那麼我就算被其他所有的人都忘記也沒關係。（注125）

佐伯小姐接著說：「我很久以前捨棄了不可以捨棄的東西。捨棄了我比什麼都愛的東西。我害怕總有一天會失去它，所以不得不自己親手捨棄。我想與其被奪走，或因為什麼而消失掉，不如自己捨棄比較好。當然其中也含有無法淡化的憤怒感情，不過我做錯了，那是絕對不可以拋棄的東西……你可以原諒我嗎？」（注126）

之後，佐伯小姐取下尖銳的髮夾刺進左手腕，要卡夫卡吸舔，接著跟他說，回到原來的地方，然後繼續活下去。少年沉睡之後醒來，離開了森林，來到高松車站，決定回到東京，先去警察局去把事情的原委說清楚，然後回到學校。接著，一如《挪威的森林》的末尾情節，他從車站的公共電話打給櫻花，相約九月再見。叫作烏鴉的少年跟他說：

你做了最對的事情。其他任何人，應該都沒有辦法做得比你好，因為你是真正的全世界最強悍的十五歲少年。（注127）

注124：賴明珠（譯）《海邊的卡夫卡（下）》，時報出版，頁312，〈第47章〉。
注125：賴明珠（譯）《海邊的卡夫卡（下）》，時報出版，頁316，〈第47章〉。
注126：賴明珠（譯）《海邊的卡夫卡（下）》，時報出版，頁318，〈第47章〉。
注127：賴明珠（譯）《海邊的卡夫卡（下）》，時報出版，頁356，〈第49章〉。

掌握文本的密碼

《海邊的卡夫卡》堪稱村上春樹企圖心最龐大、敘事範圍最廣、象徵和隱喻最複雜的作品之一，若要仔細爬梳，逐一條列解析文本，恐怕會讓讀者迷失在漫無邊際的萬維網中。我且運用鳥瞰式的輪廓界定和解析，提供讀者一個座標指南，便於引導閱讀和思索辯證。

從作品的基因來看，它從《挪威的森林》出發，融合了《發條鳥年代記》和《世界末日與冷酷異境》的文本背景為基礎，探討一個十五歲的少年，為了掙脫父親對自己所下的弒父戀母詛咒，決定離家出走，經歷了一連串意想不到的奇幻異境。其中情節不乏大膽的情愛性慾描寫，強化了村上春樹一貫給予「性」的一種定位——身體和精神的最強聯繫，產生刺激感官之極的震撼。

小說的另外一條線，則由二戰時期成長的中田出發。他資質聰穎，卻因為大戰所引發的一連串離奇事件，失去記憶，智力程度大降。此後，他以一種單純而超脫的存在，凸顯這個世界的破碎與世俗。它代表日本在半個多世紀前，引發戰爭導致的種種殘暴與毀壞，卻未曾全面的梳理面對，進行徹底反省，導致日本社會發生各種畸形而難以治癒的沉痾病理。因而設計了這個受到重創的中田，一方面反映日本社會的失憶，一方面藉由無辜受創的他——生靈——來協助少年弒父，終結不仁的體制。

象徵與隱喻

為什麼書名取為《海邊的卡夫卡》？讓我引用日本心理學家河合隼雄的說法。他指出：「海邊」是海與陸地的交界處，一個「邊界」的概念。而「卡夫卡」（kafuka）的漢字也可以寫成「可（ka）．不可（fuka）」，可以說是可與不可的邊界。這也是像村上春樹小說中出現的靈薄獄，用來形容這個世界與另一個世界的邊境地帶。

這部小說出現許多的邊界：生與死、善與惡、東京與四國、城鎮與森林、人與貓、男與女、子與母、人與生靈等各式各樣的邊界。

從這個邊界又衍生出許許多多的隱喻，隱喻是這本書的核心手法，也是解讀的入口。

起因之一是日本文化的特殊性。在人際關係裡，一般很難敞開內心，透過直白了當的語言陳述，達到深層的溝通。當突如其來的災難發生，譬如地震、海嘯、地下鐵毒氣、核能廠外洩事件，問起他們的反應，他們可能只說「好難過喔」或者「噢」而已。若要求運用直接的語言，穿越表面意識的層次，挖掘並解釋內心的苦痛，那所產生的結果，要不是不得其門而入，要不可能因為直戳瘡疤而導致更挫敗的創傷。

在小說的最後，卡夫卡離開圖書館之際，大島的哥哥跟少年說了一段話，正點出語言溝通的困難：

「就算以語言說明也無法正確傳達在那裡的東西。因為真正的答案是語言所無法回答的東西。」

「正是這樣。」Sada 大哥說。

「沒錯。那麼，用語言說明也無法正確傳達的東西，最好的辦法就是完全不說明。」

他接著鼓勵少年跟他學衝浪。這段話對於書名的深意做了最佳補充。

衝浪這東西，是比表面看來更深奧的運動。我們透過衝浪，學到不要抗拒自然的力量。不管那是多麼粗暴的東西……這也是無法用語言說明的事情之一，答案既不是 yes，也不是 no。（注128）

因此透過隱喻或假借其他事物作為象徵，有時反而能夠讓人以無需防備的心態去碰觸難以面對的問題，就像觀賞一部與自身處境驚人雷同的小說或電影，我們得以在

注128：賴明珠（譯）《海邊的卡夫卡（下）》，時報出版，頁 343-344，〈第 49 章〉。

其中感受一種體貼的安慰，在無需辯護或自圓其說的情境下，透過故事的指引，找尋一個安全的出口。

詩歌主題

在所有的文學形式中，最常運用隱喻和象徵的，當數詩歌。而小說中，佐伯小姐所寫的同名歌曲便透過歌詞來隱喻主題的意涵。

〈海邊的卡夫卡〉

當你在世界的邊緣時
我正在死滅的火山口
站在門影邊的是
失去了文字的語言

月光照著沉睡的蜥蜴
小魚從天空降下
窗外有意志堅定
站崗的士兵們

卡夫卡坐在海邊的椅子上
想著推動世界的鐘擺
當心輪緊閉的時候
無處可去的斯芬克斯的影子化作刀子
貫穿你的夢

溺水少女的手指
探尋著入口的石頭
撩起藍色的裙襬
看見海邊的卡夫卡

掌握了這首詩歌的意涵，便取得進入文本的鑰匙。其中的關鍵字是斯芬克斯，這是引自希臘悲劇作家索福克勒斯的悲劇《伊底帕斯王》。

故事始自底比斯國王雷爾斯得到德爾菲（Delphi）祭司傳來的神諭，未來他所生的兒子將會弒父，並和母親交合。因此當王后約卡絲臺懷孕生子，雷爾斯將嬰兒的足踝打穿，差人將之拋棄野外。不料僕人不忍，把他交給牧羊人。後來嬰兒被輾轉送到科林斯（Corinth）宮廷，嬰兒取名為伊底帕斯（Oedipus）。他在此長大成人，成為科林斯王子。

有一天，伊底帕斯聽說他不是國王的嫡生子，便前往德爾菲請求神諭。祭司忽略他的提問，卻告知他命中注定弒父，他因此決定離開科林斯。在路上伊底帕斯碰到一夥人，因故和對方發生爭吵，幾個人被英勇的伊底帕斯打死，只有一人逃走。

後來，他走到底比斯，發現城門被斯芬克斯（Sphinx，人面獅身鳥翼獸）控制。裡面人出不去，外面人進不來。除非有人能解開牠所設的謎語，才願意放行，否則來一個吃一個。斯芬克斯問伊底帕斯：「什麼動物早上用四腳走，中午用兩腳，晚上用三隻腳？」伊底帕斯回答：「人。」人剛出生的時候是嬰兒，用雙手雙腳爬行，是四腳；成長之後以雙腳行走；年邁時不良於行，則依靠拐杖行走，是三隻腳。伊底帕斯解開謎語後，斯芬克斯跳下懸崖而死。這也象徵伊底帕斯擺脫了年幼時期的懵懂，進入成年的階段，可以說是度過一個成年禮的儀式。

獲救的底比斯人感激莫名。由於前些日子國王雷爾斯驟逝，國民便擁立伊底帕斯為新王，而他也順之迎娶寡后為妻。後來，底比斯發生一場大瘟疫，國民再度請求神諭，得到的回答是只要能夠找出殺害老國王雷爾斯的兇手，驅逐出境，即可化解大險。但兇手何在？伊底帕斯昭告眾人他必將兇手繩之以法，並召喚先知，努力尋找證人及線索。

殘酷的真相隨著當時參與者的出現而慢慢浮現。他發現自己名字伊底帕斯的由來——腫起的腳——是指出生時生父雷爾斯打穿的足踝，至今傷疤仍在。原來伊底帕斯離開家鄉，來到底比斯的路上，因爭執所殺之人，其中之一就是雷爾斯，那麼，他的妻子就是自己的母親約卡絲臺。約卡絲臺在心中拼湊出真相後，羞憤自盡。而無法接受殘酷事實的伊底帕斯，弄瞎自己的雙眼，離開底比斯。伊底帕斯聰明、勇敢、正直，他有如此下場不是因為他的個性偏頗或行為瑕疵，而是擺脫不了命運的束縛。

村上春樹以伊底帕斯的故事作為《海邊的卡夫卡》敘事的底層骨幹，並藉由捷克作家法蘭茲．卡夫卡（**Franz Kafka，1883-1924**）所形容的複雜行刑機器，來描繪這個光怪陸離、充滿沉痾舊疾的社會，是對人產生戕害的命運體制。小說中，圖書館員大島問起他取名為卡夫卡是否因為讀過捷克作家的作品？（這是作家為小說命名的另一個明顯的來源。）

少年回答：

「讀過《城堡》、《審判》、《變形記》，還有出現那奇怪行刑機器的故事……」之後少年在心中自我補充：「那複雜又目的不明的行刑機器，在現實的我們身邊是實際存在的。那不是比喻或寓言。不過不只是對大島先生，不管對誰以什麼樣的方式說明，人家大概都無法了解。」（注129）

互文性的世界

除了象徵隱喻，村上運用一個複雜無比的技法來描繪這難以理解，他稱為行刑機器的背景架構，在文學方法上稱為「互文性」（Intertextuality）。他透過其他作家文本、哲學、詩歌、歷史神話、文明典故或物件象徵的大量交叉引用或模仿，使讀者藉由對這些知識的探索或理解，來產生若有似無、綿密不斷的聯想。這種策略能使故事場景不斷的連結到一個更大想像空間的文本，建構一個繁複龐雜的世界。

這個互文性的編織從作家自己的作品開始，包括《挪威的森林》、《世界末日的

注129：賴明珠（譯）《海邊的卡夫卡（上）》，時報出版，頁82-83，〈第7章〉。

冷酷異境》和《發條鳥年代記》。圖書館的所在地四國，是村上春樹少數欽佩的日本作家大江健三郎的家鄉，四國的森林也是他經常描述的奇幻之地；大江健三郎的大兒子一出生，頭部就長了一個很大的瘤，後來雖然活了下來，但腦部發育不全，看起來就像是個遲緩兒，當初大江健三郎就想為兒子取名為「烏鴉」；在日本神話中，烏鴉被認為受上天差遣，來到人間指引或干預事情發展的象徵；烏鴉也成為了這部小說裡與少年對話的朋友；「卡夫卡」的捷克語是烏鴉；其他村上所編織進來的互文，前面已經提過，包括法蘭茲．卡夫卡、伊底帕斯等等。

因此，透過不斷蔓延搭建的互文性，編織了一個充滿任意門和複雜通道的虛幻世界，文本因此衍生不斷延伸擴張的語境，讓讀者沉浸在無以透析的萬維網，一個無法掙脫的宇宙。而村上春樹就是這宇宙的造物主。

希臘思想的困境

村上透過不斷編織的互文性展現一個目不暇給的奇幻世界，但卻透過書中角色一再強調它的「實際存在」，有如行刑機器。這是因為他堅決相信這個世界沒有上帝，而人天生的自私、懶散、行惡，卻又無法面對自利的結果，導致眾人生活在一個無以拯救的深淵。

村上改寫青年伊底帕斯的命運，他想透過小說，進入價值破碎、無力改變的後現代社會裡，將少年從痛苦折磨的厄運中拯救出來。拯救的方法，包括設計了一個自二次世界大戰倖存、但不帶有原罪包袱和記憶的中田先生，讓他代替卡夫卡執行弒父的任務。而同行的青年司機星野得以用純真的眼光來反省自己荒唐的過去，重新開啟人生。再者，他安排圖書館員大島先生作為少年的導師，對他解說生命中各種難以解釋的現象，並帶領他找尋庇護之地——「森林中的小屋」，以便進入更深邃的世界。少年透過原諒母親的儀式，找到與命運和解的鑰匙，完成這趟奇想的成年禮。

相信讀過這部小說的讀者，大多會隨著少年歷險的過程，恢復青春的悸動，彷彿點燃地底深處的岩流，終至找到一處冷卻已久的錐口，翻騰而出。

然而激情過後，不禁會想：何以村上春樹的作品大多留連於青春年少？固然小說人物不乏成年和老人，但是看待這個世界的心態則是恆常的青春稚氣。這絕非是「赤子之心」可以概括論述的，我認為背後有一個更大的原因，我稱之為「希臘思想的困境」。

在古希臘的世界裡，嚴格的區分神界與人界。人死之後只能進入冥間，沒有復活或登上天界的可能，因此人必須努力留下強而有力的印記，來確認其脆弱的存在。於是有了《伊利亞特》天下第一勇士的阿基里斯，《奧德賽》無比機智的英雄奧德修斯。當神與人的關係漸漸疏遠，希臘文學的經典從《荷馬史詩》嬗變為悲劇，讓人在農忙或戰事稍歇之餘，進入劇場，藉著命運多舛的戲劇找到安慰，從淚水的洗滌獲得生存的勇氣。人雖然一生都無法掌握世界的真理，但是要盡其所能的奮鬥去追求。這種認知，至今持續不墜。

與此同時，希臘富裕了起來，雅典實行史上最早的民主制度，人們更能隨心所欲的各行其是，不再滿足於悲劇論述的宿命，於是誕生了史上最輝煌、百家爭鳴的希臘哲學論述，以各種不同的觀點，試圖解釋這個世界運作的本質，提供自圓其說的生命目的。但自始至今，沒有任何一家之言有令人滿意的答案。

在日益世俗化、自我中心化的洪流中，世界變得疏離破碎，理想與現實永遠無法結合。希臘永恆美的形式，一如羅浮宮米洛的維納斯（Vénus de Milo），永遠以青春無瑕的美，呈現在與其相距甚遠的現實世界。人從對生命意義永無止盡的追求，或者到後現代主義人們的全然放棄，像是個徒呼負負的青年，困在一個不明所以的殘忍世界裡，因為人的命運永遠沒有救贖的可能，到頭來終將虛空。這也是村上春樹所面臨的困境。

他並不滿意伊底帕斯的宿命悲劇，因而安排了許多角色來幫助田村卡夫卡，帶領他走入有如莎士比亞《仲夏夜之夢》的幻境之中，透過精神與身體的結合與疏離，經歷成年洗禮，走出生命的風暴。

作為敏銳的讀者，一定會發現村上最具衝擊力的描述是性愛的描寫，一如《挪威的森林》。在冷漠歪斜的世界裡，對破碎的靈魂來說，能以身體感官的互動接觸，與人做極致的連結，是掌握現實存在的熱切證據，讓自己有勇氣繼續邁向人生的道路。

但作為久歷世事的讀者來說，必定明瞭人生會脫離青少年階段，經歷不同的風景，面臨各式各樣的挑戰，有許多情境超乎在性愛的連結之外。世上許多的糾結悲難，恰恰與聚焦在拯救自我、過度聚焦自我中心有關。

從一九八〇年代跨越到二十一世紀，村上春樹在世界文壇引領風騷，他極具魅力的文筆吸引無數的讀者，讓許多不常讀書的人展開閱讀，讓久未拾起書本的人重新回到文學的世界，可以說是很了不起的成就。然而身為一個有影響力的作家，應有責任帶領讀者走入成年，邁出腳步，走出盼望，關心自我以外的問題，以盛年的心智，面對這個世界與未來的處境——容我稱之為「成年的世界」。

讀者可以比作家處於一個更自由自在的位置，透過閱讀的選擇，培養文學涵養的心智，邁步跨入「成年的世界」，不再只是不斷詰問個人生命的意義，而是以更開闊的心智，坦然面對世界給我們的提問和挑戰。而培育文學涵養的最佳途徑，便是展開世界文學的壯旅。在這本書的最後，我將透過「經典」的概念，帶您站在「世界文學」的高度，鳥瞰文學的山天海闊，作為開啟壯旅的參考。

終卷

開啟世界文學的壯旅

經典（Classics）一詞來自拉丁文Classicus，意指「最高階層的貴族」。西元二世紀後，它被用來形容最高等級的作家。十四世紀時，佩托拉克（Francesco Petrarca，1304-1374）在閱讀古代的文學和哲學作品後，赫然發現古希臘羅馬文明的輝煌成就——無論在文學、史詩、繪畫、雕刻、建築，文明生活——都不是他所處的時代所能比擬的。原來漫長的中世紀並不是古典時期的延續，而是他名之為「黑暗時代」的令人沮喪。緣此，他主張全面恢復古代經典的研究。此後的五、六百年，以閱讀經典為基礎的人文主義，成為歐洲菁英教育的基石。

延續佩脫拉克的概念，容我為文學經典下個定義：在文學史上，各個文學類型中最高水準，具有時代創新意義，影響力深遠，時至今日仍深具價值的作品。

在閱讀的道路上，多數人傾向選擇自己喜歡讀的書，這似乎沒什麼問題，但容我作個比喻：有人喜歡費茲傑羅、馬奎斯和米蘭昆德拉，但是對於索福克里斯、莎士比亞和塞萬提斯的作品一無所悉，這就好比有人喜歡竇加、梵谷和畢卡索，但是問起米開朗基羅、林布蘭、葛雷柯的作品卻不明所以，這是否給人極大的突兀感？如果沒有綜觀式的掌握藝術發展脈絡，單憑片段擷取式的接觸，是無法充分明瞭任一時期的經典作品。同樣的，文學發展有其傳承、對話和創新的脈絡，如果讀者能夠熟悉經典作品的背景、醞釀和發展，就更能掌握作品的本質。

那麼，究竟哪些作品可以列入經典的範疇？歌德認為，詩（文學）是人類的共有資產，對許許多多的人展現價值。因此他傾向在異國審視自己，民族文學已經不太具有意義，世界文學的時代即將到來。他的觀點預示世界文學（World Literature）的概念。

因此，作為文學的愛好者，我會這麼界定世界文學經典：

「在母國以外受到廣泛閱讀，範圍涵蓋各個時期的經典，為所有讀者所寫，訴說人們普遍心靈和永恆價值的文學作品。」

美國文學批評家史奈德（Denton J. Snider，1841-1925）曾經提出一個看法：如果文學作品反映作家的人格特質，那麼人類文明高峰的代表作家分別是：荷馬、但丁、莎士比亞和歌德。這名單雖然不會令所有人滿意，但確實是一個言簡意賅的清晰指標。我藉此作為起點，列舉世界文學經典的書單。唯個人的閱讀範圍有限，無意也不可能提供一份完整的清單，在此謹就歷經百年以上考驗——從古希臘到二十世紀初期——至今仍雋永彌新的世界文學，供讀者參考。

古典時代

世界文學必然從西元前八世紀的荷馬史詩《伊利亞特》與《奧德賽》開始。此前，西方尚未誕生文學作品，古希臘甚至在此之前的一段時間失去了文字，而這兩部作品的誕生瞬即成為文學史上最高品質的作品，只能教人讚嘆，以「奇蹟」二字形容。閱讀這兩部英雄史詩，時而讓人登高盡覽山川壯闊，時而頓入低迴的細語意境，時而陷入對決的劍拔弩張，但在峰迴之間憶起兒女情欲，路轉之處重拾歸鄉情懷。讀者總能隨其千變萬化的情節，暢快淋漓的穿梭古今，品味永恆作品的經久不衰。

之後的古典希臘時期，我推薦三大悲劇詩人的作品。文本的內容大多從荷馬史詩故事出發，藉由驚悚的情節和極高的憐憫，讓讀者的情緒和心靈得到淨化。

索福克里斯（Sophocles）：《艾阿斯》（Ajax）

《安蒂岡妮》（Antigone）

《伊底帕斯王》（Oedipus Rex）

尤里匹底斯（Euripides）：《米蒂雅》（Medea）

《特洛伊女兒》（Trojan Women）

埃斯庫羅斯（Aeschylus）：《被縛的普羅米修斯》（Prometheus Bound）

《奧瑞斯泰亞》（Oresteia）

要理解西方思維的邏輯，柏拉圖的作品不容錯過。無論是接觸基督教思想史，或文藝復興時期的藝術文學與哲學，我們都會一再見證「新柏拉圖主義」扮演重要的詮釋角色。要對希臘以降的哲學有所理解，柏拉圖的作品更是不可或缺的書目。

柏拉圖：《理想國》（被稱為「哲學大全」）

《費德羅篇》（論美，論愛）

《會飲篇》（論愛與修養）

在古羅馬時期，我推薦**維吉爾的《埃尼亞斯紀》**（Aeneas）。這部作品以荷馬史詩為本，衍伸出新的篇章。作品敘述在特洛伊戰爭後，城邦遭到焚毀，特洛伊王室的一支埃尼亞斯流亡海上，經過西西里島，終於在羅馬附近上岸，殖民建城，成為羅馬帝國的祖先。這也象徵特洛伊人對希臘人的復仇，羅馬帝國成功取代希臘帝國的象徵。維吉爾的作品被視為拉丁文學的最高代表。一般相信，荷馬史詩是多人匯集的智慧，由盲眼詩人荷馬定稿完成，而《埃尼亞斯紀》雖然參考荷馬史詩的主題和形式，但此史詩由維吉爾獨立完成，可見其不凡的詩才。

中世紀時期

到了中世紀，歐洲形式上的統治以神聖羅馬帝國為首，唯社會結構走向封建制度，由世襲貴族或莊園主人、騎士和佃農工匠形成各自的管理單元。各種資訊和交易的串連主要由各種「漫遊」的機構或個人執行。在信仰、思想、教育和民間救濟，是天主教托缽修會，如聖方濟和聖道明修會；在貿易上，是商務旅人；而文學詩歌則以吟唱詩人為主，他們收費為人讚揚祖先、說書或創作詩歌。這些教士、商人和詩人之所以能「漫遊」各地，與拉丁文的盛行有關，因此，在中古世紀的歐洲人彼此說著互通或接近的語言系統，在心靈精神的親切歸屬感，比歷史上任何一個時期，甚至是今天的歐盟有過之而無不及。當時的詩歌延續荷馬史詩傳統，主題從頂天立地的英雄轉型為騎士，讚揚忠誠、勇氣和宮廷式愛情。這些詩歌雖不如荷馬史詩的嚴謹，但仍有很高的敘事價值，因此受到各地歡迎，傳唱不墜。總的來說，這些詩歌故事有三大主題：

英國故事（Matter of Britain），以《亞瑟王傳奇：永恆之王》為代表。

法國故事（Matter of France），敘述查理曼大帝統治時期的代表作品《羅蘭之歌》。

羅馬故事（Matter of Rome），接續《埃尼亞斯紀》，敘述有關羅馬帝國的故事。

經過漫長的時間，在十四世紀之初誕生了一部西方文學最高意義的作品——但丁《神曲》。但丁出身十三世紀最繁榮的城市佛羅倫斯，擔任政治要職，但在激烈的黨爭下遭到放逐，流落他鄉。在人生的中途，三十五歲的他陷入黑暗絕望的境地，如同墜入地獄。但丁藉由《神曲》——地獄、煉獄與天堂的壯旅，帶領讀者體會人生的奧祕與真義。

但丁《神曲》共有一百章，一萬四千多行的詩句，結構宏偉完整。浩瀚的詩篇毫無任性的抒發或即興鬆散的跳接，但讀者總能發現意料之外的創意和感人至深的共鳴，一面流淚、一面驚嘆他不世出的詩句和宏偉動人的概念。在地獄之旅中，但丁藉由心靈導師維吉爾的帶領，沿途從他人的故事看見自己的境遇；在跌宕起伏、錐心刺骨的故事中關照自己：「我是誰」；走到地獄的底層，象徵行至內心最深處，讓我們逼視赤裸的自我，並設法原諒自己。到了煉獄，他探討人是否能夠改變？煉獄是個療癒的場域，人必須學習透過懺悔、反思和忍受，以抵達真理之門。至於天堂，他為我們揭示快樂（Happiness）和喜悅（Joy）的區別，對生與死的期待，以及為什麼苦難是未來生命的勳章。但丁以詩人和探險者的身分，帶領讀者進行一趟前所未有的朝聖之旅，了解人生和宇宙的意義，揭櫫生命的價值與目的。

但丁影響了所有文藝復興時期的詩人、作家、哲學家和藝術家，他的光輝持續照耀至今。愛爾蘭文學家喬伊斯（James Joyce，1882-1941）宣稱他喜愛但丁一如聖經，是他心靈的糧食，其他的不過是砂石！

文藝復興時期

到了中世紀後期，懂拉丁語的人愈來愈少，《聖經》的閱讀完全依賴教會教導。而當時教會教育的方式多為片段化的講解，要不執著個別字義的解讀，或針對民俗信仰作辯證，譬如：神會不會以動植物的形象出現、大自然是不是神？基督與敵基督的分別等等，人們逐漸對於聖經的理解變得片段破碎，信仰的內涵融入各種神祕學說。

十六世紀，德意志神學家**馬丁・路德**（Martin Luther，1483-1546）將聖經翻譯為德語，讓人們重新發現一部完整的聖經文本，原來是具有敘事、寓意、戲劇、詩歌和散文的宏偉文學。隨著教會詩歌音樂的發展，樂器的多樣化演進，形成優美典雅的古典音樂，讓聖經的內容傳遞更豐富的精神力量。從此，《聖經》恢復為經典文本，展現無遠弗屆的影響力。

但丁之後，能與之相提並論的作家，非**莎士比亞**（William Shakespeare,1564-1616）

莫屬。莎士比亞沒有顯赫家世和人脈，沒上過大學（他同代的劇作家多為牛津、劍橋大學畢業）。他出身演員，人們稱他為吟遊詩人（the Bard），但此時這個稱號已轉變為受贊助的戲團或吟唱詩人。他一面演戲，一面寫劇作，終至成為最偉大的英語作家。他的作品教導我們如何發揮語言的潛力，藉以引導思想、注入感情、充滿情緒、組織辯證。他創造新詞，也讓一般俗語化為文字，或加以改造，成為現代英語的基礎。詹森（Samuel Johnson，1709-1784）在他的《英語詞典》——英語歷史中最具影響力的字典之一——中引用莎士比亞詞句的次數超過其他任何人。

身為西方史上最傑出的劇作家，也是劇場投資人和經營者，他的戲劇首先必須具備娛樂效果，吸引觀眾買票入場。但是他的才華不允許只寫出膚淺的作品，於是他將詞句巧思和深層結構隱藏在劇本之中，達到雅俗共賞的目的，讓一般觀眾同悲共喜，使內行人讚嘆不絕，感嘆無法企及的才華。

莎士比亞的三十九部戲劇不斷上演，也不斷被引用。他的作品探討有關人類本質的事：信仰、權力、種族、復仇、懦弱、貪婪、愛情等範疇，跨越時代和文化。他把政治與愛恨情仇化為詩歌，將譏諷庸俗和幽微哲學融合一體，情節有趣且引人入勝。他以前所未有的聰慧機靈，洞察人的行為和狀態。他所創造的角色都有缺陷，就像我們自己。

莎士比亞的戲劇文本多來自中世紀的史詩故事，和十六、十七世紀當代的其他小說，但是透過巧思，他重塑情節，創建趣味盎然的議題，運用獨白、象徵、比喻和雙關語，向觀眾展現敘事的多重面向，也刺激觀眾運用智力來理解剖析。這種設計的強度，使得莎士比亞的戲劇承受得起文句轉譯與擷取；無論如何廣泛的詮釋，都不致失去其戲劇的核心本質。二十世紀詩人T．S．艾略特（T.S. Eliot，1888-1965）宣稱但丁是「現代語言中最博學的詩人」。他認為但丁所展示的，是人類感情的至高與至深，而莎士比亞則是人類情感的至廣。現代天下，由莎士比亞和但丁均分，再無第三者可以置喙。

莎士比亞激勵了歌德走向詩歌文學的道路，點燃俄羅斯詩人普希金的創作之路，讓法國大作家雨果終生研究其作品，並且年年重複閱讀。對於能掌握些許英文能力的讀者，我建議一併閱讀英語文本，相信能深刻感受他詩意的光芒。

莎士比亞的單元戲劇作品字數不多，每一部都有其獨到之處。

《哈姆雷特》（Hamlet）
《奧塞羅》（Othello）
《李爾王》（King Lear）
《馬克白》（Macbeth）
《羅密歐與茱麗葉》（Romeo and Juliet）
《仲夏夜之夢》（A Midsummer Night's Dream）
《威尼斯商人》（The Merchant of Venice）
《無事生非》（Much Ado About Nothing）

《十二夜》（Twelfth Night）

《暴風雨》（The Tempest）

我也推薦文藝復興時期的其他經典作品：

蒙　田（Michel de Montaigne，1533-1592）：《隨筆集》（Essays）

塞萬提斯（Miguel de Cervantes, 1547-1616）：《唐吉軻德》（Don Quixote）

米爾頓（John Milton, 1608-1674）：《失樂園》（Paradise Lost）

近代

邁入近代，最重要的作家是**歌德**。本書已用相當的篇幅介紹他的生平和幾部作品，而歌德的巔峰之作是戲劇詩**《浮士德》**。

自中世紀起，浮士德的角色就出現於吟唱詩人口中，到了文藝復興時期，莎士比亞同代劇作家馬洛（Christopher Marlowe，1564-1593）也有以其為本的戲劇《浮士德博士悲劇》（The Tragical History of Doctor Faustus）。

在歌德的作品中，浮士德喜愛知識，他從不片刻停歇研讀，勇往向前。隨著理性時代和科學革命的到來，他相信只要持續努力，成為知識最淵博，最有能力的人，終究能換取一個更好的存在和理想的世界。為此，他不惜以靈魂為代價與魔鬼交易。浮士德是邁入理性時代歐洲人的一種表象，也是象徵廣泛現代人所面臨的精神困境。

歌德多才多藝，在文學、詩歌、自然科學、光學和政治都有卓越的成就，對於歐洲乃至世界的文學、政治、哲學和藝術都有很大的影響。他引發的狂飆突進運動、浪漫主義和威瑪古典主義，實質引導十九世紀歐洲精神的發展，因此，也可以說，歌德本人就是經典。從莫札特、貝多芬到馬勒的德奧音樂家，都曾改編他的作品為音樂曲目，或將曲目獻給歌德。歌德的作品對於德國文學有決定性影響，可以說是德意志民族文學和詩歌的奠定者，赫曼・赫塞和托馬斯・曼（Thomas Mann，1875-1955）都深受影響。

十九世紀之後，世界局勢的發展動盪快速，隨著工業時代、獨立革命、現代化、民主化的浪潮，寫實主義、象徵主義和意識流等文學流派應運而生。唯幾乎所有的作品仍受前述經典的影響，有傳承和對話的聯繫。要逐一敘述各地文學思想脈絡，需要另一本專書來探討。於此，我僅簡介幾個語言文學背景，提供部分書單作為參考。

法語文學

十九世紀法國社會經歷數次曲折動盪。先是法國大革命推翻了帝制，建立共和；之後的恐怖統治，造成人心惶惶，拿破崙乘勢而起，帶領法國強行征服鄰邦，引起歐洲各國聯合抵制，最終遭到流放。之後法國經歷共和與王朝復辟的循環。在此動盪時代，社會、政權和教會之間有許多新舊交替的衝突與矛盾，社會充斥迷惘的情緒，這是法國文學作品的背景。我所推薦的經典如下：

斯湯達爾（Stendhal，1783 - 1842）的**《紅與黑》**。這部小說描繪一個喜歡知識，野心勃勃，崇拜拿破崙的外省青年，進入資產階級當老師，與莊園女主人發生感情。東窗事發後，在教會神父安排下，轉進巴黎，擔任一位侯爵的祕書。他從外交名人習得如何欲擒故縱的吸引侯爵女兒的芳心，之後引起一連串嫉妒、情殺和報復的情節。作家透過青年心理轉折的寫實，描繪貴族與平民、巴黎與外省、帝制與共和、革命與反革命間的矛盾與對立，並剖析如何影響個人成長，進而導致一系列的事件。小說情節緊湊，手法前衛，讓斯湯達爾冠上「現代小說之父」的稱號。

雨果（Victor Hugo，1802 - 1885）的成長歷程與法國十九世紀的體制更迭，緊密貼合。他是拿破崙旗下將軍之子，起初擁護帝制，後來轉變主張共和。他因公開反對路易．拿破崙的政變，從此流亡海外近二十年。第二帝國結束後，他好不容易回到法國，擔任國會議員，卻在巴黎公社事件中公開譴責政府和革命者，在當局政府拒絕特赦公社成員的立場下，他再度短暫流亡，為其發聲。雨果以他的一生，樹立法國精神——自由、平等、博愛——的象徵典範，雨果去世時，受到國葬禮遇，超過兩百萬人參與哀悼，是法國史上僅見的盛大尊榮。

雨果的《**鐘樓怪人**》是典型的浪漫主義文學。他以聖母院為中心，還原十五世紀的巴黎景象，打造一個民族意象的史詩劇場。由於這部小說的成功，促使法國政府重新整建聖母院，恢復為我們現在所見的哥德式建築，這也是雨果寫這部作品的初衷。

雨果的另一本巨作《**悲慘世界**》，以貧窮苦難為主題，對十九世紀初的法國社會進行百科全書式的書寫。主角尚萬強（Jean Valjean）為了救濟外甥偷了麵包，被判五年徒刑，卻因為不信任司法，屢屢越獄，在監獄裡待了十九年後假釋。出獄後，尚萬強仍不斷遭到警探賈維爾（Javert）的監視和追逐。在主教的寬恕感化下棄惡從善，隱姓埋名，成為成功的企業家和市長，濟弱扶貧，卻也發生許多意料不到的事件。《悲慘世界》出版後，不斷成為音樂劇和電影改編的素材，而尚萬強和警探賈維爾的形象，也成為許多小說和影片角色的原型。

波特萊爾（Charles Baudelaire，1821-1867）資質聰穎，生性不受拘束，是位高歌騎士精神的落魄貴公子。他主張在理性時代下，需要背離社會的集體意識與價值，以不同的角度來洞悉世界。而「惡」，是表現在對生命的一種厭倦、寂寥，完全不期待自己成為一個有用的人，也就是經由自我的否定進而進行一場自殘的、危險的、頹廢的、從未經歷的冒險，從而認識完整的自己。因為波特萊爾，世界才開始認識法國的詩。他是象徵派詩歌之先驅，散文詩的鼻祖，也是臺灣現代詩的源頭。此外，波特萊爾直陳古典主義的永恆美已經成為過去，主張藝術的現代性（Modernity）時代已經到來，而「現代性就是過渡、稍縱即逝、偶發；其中一半是藝術表現，另一半是永恆與不變。」

這個概念啟發了現代繪畫的誕生，從馬奈、竇加、印象派到後印象派，無不受到他的影響。

福樓拜（Gustave Flaubert，1821– 1880）的《包法利夫人》兼具心理和社會寫實主義，透過精練客觀、不帶情緒的文筆，描寫一個外省女子不滿足於外省婚姻生活的平實與單調，渴望城市資產階級外在的奢華、美麗、文化和浪漫，但最終破滅於欲望深淵的故事。《包法利夫人》譏諷嚮往資產階級是一個永遠無法實現的愚蠢願望，也是自我欺騙與背叛的歷程。福樓拜鄙視資產階級在智識、文化和精神上的膚淺，厭惡他們對物質世界的狂熱與貪婪，以及對情感和信仰的無動於衷。

福樓拜之後，**左拉**（Émile Zola，1840-1902）延續寫實主義的風格，以被譽為「法國社會百科全書」小說家巴爾札克（Honoré de Balzac，1799-1850）為標竿，採用當時興盛的遺傳學和人類學，讓不同角色的人物，秉著先天的遺傳因子，放進後天複雜的環境互動與考驗，透過嚴密的現實觀察，實證實驗（其實還是作家虛構的創意！）出完整的人類行為論述，他稱之為「自然主義」（Naturalisme）。他的**《盧貢・馬卡爾家族》**（Les Rougon-Macquart）系列共出版二十本書，描述一個家族五代的生活軌跡，為第二帝國時代（1852-1870）的社會景象提供全面而生動的描寫，故事從一個中產階級家庭，遺傳輕微心智遲緩的女子阿黛萊伊德（Adelaïde）開始，她和家裡的長工盧貢（Rougon）結婚。盧貢在婚後一年多就猝逝。死後，阿黛萊伊德和一個酗酒走私犯馬卡爾（Macqart）同居，生兒育女。之後，這個家族的一系多從事市場攤販、洗燙衣、礦工、鐵路工、娼妓等下層工作，酗酒和精神疾病的遺傳，不斷在後代出現，支配他們的命運。另外一系後裔多為中上階層，追逐資本累積，活躍於政治宗教權力圈，過著貪婪奢靡的生活。我所推薦的**《酒店》**（L'Assommoir）描寫一個洗衣婦胼手胝足開立燙衣店，卻因酗酒而敗德倒閉的故事。**《娜娜》**（Nana）則是洗衣婦女兒的故事，敘述她憑美色成為劇場演員，周旋於達官貴人之間。作家以娜娜一生，反映了第二帝國社會腐敗墮落的寫照。

十九世紀末的**羅曼・羅蘭**（Romain Rolland，1866-1944）對藝術和音樂有極高的熱情，對於世局更有和平主義的理想，從他為米開朗基羅、貝多芬、托爾斯泰和甘地寫傳記便可見一斑！**《約翰·克里斯朵夫》**是以貝多芬為本的成長小說，敘述一位音樂天才成長於德國，由於和音樂界不和，又因細故見義勇為而失手殺人，只好流亡法國發展。在不斷努力之下，他的音樂成就逐漸受世人肯定，但是法國與德國長久的敵對關係變得緊張，復因一連串事故，最後不得不離開轉往瑞士。小說結合德國思想與法國精神於一體，更有淬煉品格，追求美好世界的理想主義精神。羅曼·羅蘭與赫曼·赫塞互為摯友，作品形態和精神也有接近之處。

斯湯達爾：《紅與黑》（Le Rouge et le Noir）

雨　　果：《鐘樓怪人》（Notre-Dame de Paris）

《悲慘世界》（Les Misérables）

波特萊爾：《惡之華》（Les fleurs du mal）

《現代生活畫家》（Le peintre de la vie moderne）
《巴黎的憂鬱》（Le Spleen de Paris）

福樓拜：《包法利夫人》（Madame Bovary）

左拉：《酒店》（L'Assommoir）
《娜娜》（Nana）

羅曼．羅蘭：《約翰．克利斯朵夫》（Jean-Christophe）

俄語文學

過往幾乎沒有人注意俄語文學的存在，但在十九世紀一出場，便吸引世人的目光。

俄語文學始自西元九、十世紀時，希臘傳教士為傳播福音而將斯拉夫語編譯為文字，產生了優美的教會斯拉夫語和聖經文學，為俄羅斯文學奠定基礎。

十九世紀時，**普希金**（Alexander Pushkin，1799-1837）的作品一鳴驚人，他從莎士比亞、歌德和法語文學汲取養分，創造高度細緻的俄語詞彙，產生兼具浪漫主義和現實主義的作品，被尊稱「俄語文學之父」、「詩歌的太陽」，開啟俄羅斯文學的黃金時代。他的十四行詩小說**《葉甫蓋尼．奧涅金》**，創造了俄語文學「多餘人」的概念。他們出身上流社會，才華出眾，對社會議題和國家大事置身事外，只注重自身的自由和享受；他們因細故決鬥，惹是生非，造成許多人的麻煩。之後，「多餘人」的角色在許多俄語文學出現。

杜斯托也夫斯基（Fyodor Dostoevsky，1821-1881）是軍醫之子，成長於莫斯科。他的小說情節複雜，語態豐富，在精心交織的結構設計下，讓讀者可以從不同層面來詮釋意義，充滿心理學的內涵。其終極在於訴諸深刻幽微的人性和思緒流動，對靈魂施以嚴厲的拷問。作品針對人的病態缺陷與信仰靈魂高度之間進行辯證，迫使人面對內心深處的地獄景觀，回答上帝是否存在，逼視生命的意義。杜斯托也夫斯基對於二十世紀的精神分析、超現實主義、存在主義產生直接的影響。

托爾斯泰（Leo Tolstoy，1828-1910）出身於古老貴族，卻對百姓的苦難有極高的敏感度。他擅長以簡實利落的文筆，傳遞他所接觸的十九世紀俄羅斯樣貌，被稱為莎士比亞之後寫實功力最高的作家。**《戰爭與和平》**除了時代敘事，更有大量哲學討論，因此他自述「不是小說，不是詩，更不是編年史」，然而作品展現斯拉夫人民的精神和應有的高度，足堪比擬為「俄羅斯的伊利亞特」。之後，托爾斯泰逐漸洞悉俗世的價值、體制和法律有其極限，無法造就一個理想與善的世界；人必須超越現世的信念，以永恆的眼光面對世界，提供救贖的道路。這代表托爾斯泰從莎士比亞的擁抱人性百態走向但丁的精神深度。托爾斯泰的作品被公認為俄語文學最高成就的代表。

契訶夫（Anton Chekhov，1860-1904）是寫實主義的作家。他的戲劇看似不複雜深奧，容易理解，散發特殊的氛圍，然而劇中有許多潛臺詞，必須解讀其心理寫實的層面才得以掌握深意。除了戲劇，契訶夫創作大量的中短篇小說，描繪俄羅斯各省小資產階級的生活面貌和精神狀態，幽默的呈現人性的現實與反思。契訶夫的小說很受歡迎，托爾斯泰認為他像狄更斯或普希金一樣，總可以用不同的方式閱讀和重讀。契訶夫的許多作品被改編為電影劇本，在數量上僅次於莎士比亞。

普　　希　　金：《葉甫蓋尼．奧涅金》（Eugene Onegin）
《別爾金小說集》（A. S. Pushkin: Tales and Novels）
《黑桃皇后》（The Queen of Spades）

杜斯妥也夫斯基：《罪與罰》（Crime and Punishment）
《卡拉馬助夫兄弟們》（The Brothers Karamazov）

托　爾　斯　泰：《戰爭與和平》（War and Peace）
《安娜卡列尼娜》（Anna Karenina）

《復活》（Resurrection）

契訶夫：《海鷗》（The Seagull）

《凡尼亞舅舅》（Uncle Vanya）

《三姊妹》（Three Sisters）和短篇小說。

英語文學

・英國文學

鑑於德國狂飆突進運動所引起的社會紛亂，甚至間接影響了法國大革命，英國（包括歐洲其他國家）對此戒慎以待，強調謹慎節制的美德，珍視社會階層的穩定。

在此背景下，**珍・奧斯汀**的小說探討女性為了追求良好的社會地位和經濟安全，將終生幸福寄託於婚姻的選擇與依賴，同時也含蓄的批判地主與鄉紳階級。珍・奧斯汀透過極為敏銳的觀察、富於人情世故的常識和超乎常人的活潑心性，用一枝諷刺犀利的筆和謹慎的措辭，將一般視為狹隘的男女私情轉化為精采絕倫的小說，是文學史上第一位傑出的女性喜劇作家。

到了維多利亞時代（1830-1900），工業革命迅速擴張，民主自由逐漸成為政治體制，英國成為世界強權。但是普羅大眾並未從資本主義社會的變遷中獲益，貧富差距極大。出身窘困的**狄更斯**（Charles Dickens，1812-1870）以生動諷刺的筆鋒，寫出一部又一部的長篇小說，他的傳記作者認為狄更斯是莎士比亞之後最會創造角色的作家。他以理想化的人物，高度感傷的場景，反映社會的醜陋樣貌，激烈批判種種不合理的現象。他為窮人發聲，為廣大的中下階級帶來希望。他的小說是成長小說和教育小說的典型。從童年時代走出來的主角，帶著起初的挫敗，經歷漫長而艱難的成長過程，他的想望與現有體系反覆發生衝突，最終認識到理想與現實之間必須找到一個妥適的安排，使他能夠在新的基礎上融入社會。他是第一位在當代享有如超級巨星般地位的作家，從女王到販夫走卒，從歐陸、俄羅斯到美國都擁有廣大書迷。

T・S・**艾略特**（T.S. Eliot，1888-1965）在美國成長受教育，一次大戰爆發之初移居英國，後來歸化為英國公民。他是二十世紀最偉大的詩人之一，也是英語現代主義詩歌的核心人物。**《荒原》**是基於一次大戰造成數百萬人的生命遭到屠殺，幾乎使歐洲各個國家破產而寫。「荒原」指的是倫敦，艾略特居住的城市，也是他在詩中的部分場景；「荒原」也是中世紀「英國故事」（The Matter of England）史詩中，騎士們必須穿越的一片死氣沉沉、貧瘠而致命的土地才能到達聖杯的地方。艾略特暗示西方文明的危機和貧瘠或許已經到達了旅程的終點。

這部四百多行的詩，所引用的互文性，挑戰讀者閱讀經典文本的廣度，包括：《聖經》、荷馬史詩、維吉爾《埃涅阿斯紀》、奧維德《變形記》、但丁《神曲》、喬叟《坎特伯雷故事集》、莎士比亞《哈姆雷特》、波特萊爾的詩等等。在二次大戰期間，艾略特認為他必須為阻止德國的納粹暴行做些事情，他相信世上有值得捍衛的價值，因而創作**《四重奏四首》**。它由四首長詩組成，每首都有五個部分；每首詩都與古希臘認為世界組成的基本元素——水、火、土、氣——相關，對人、時間、宇宙和神的主題進行冥想。這是他獲得諾貝爾文學獎的關鍵作品。

喬伊斯（James Joyce，1882 -1941）出生於都柏林，一生書寫都在這個城市。喬伊斯早年描寫英國殖民主義對愛爾蘭的負面影響，情感上支持愛爾蘭的民族主義，但是厭惡愛爾蘭的政治暴力，憎恨愛爾蘭天主教會，與之決裂。他自始至終持有英國護照，在歐洲大陸各城市旅居。**《都柏林人》**的背景是在愛爾蘭民族主義炙烈燃燒之時，但是喬伊斯認為這種激情阻礙了文化的進步，因此他分別以兒童、成年和老人的口吻描繪人們各種道德上的問題。**《青年藝術家的肖像》**是一部自傳式的小說，書中主角取名自希臘神話中的建築師代達羅斯（Dedalus）。在神話中，代達羅斯因為協助雅典王子提修斯逃離自己設計的迷宮，被米諾斯王囚禁。代達羅斯遂研發製作翅膀，飛離克里特島。喬伊斯將自己化身為代達羅斯，由於他對愛爾蘭的文化習俗和天主教會強烈不滿，自我放逐歐洲。

一九二二年是文學史上值得記載的一年，艾略特的《荒原》和喬伊斯的**《尤利西斯》**都在這一年出版。尤利西斯是《奧德賽》中希臘英雄奧德修斯的拉丁名。《尤利西斯》共有十八章，講述都柏林一天十八個小時之內發生的事。全書的發展與荷馬史詩《奧德賽》（二十四章）的人物故事脈絡密切對應。喬伊斯在形式上追求暗示性的極致：他將荷馬史詩融入現代文學的敘事結構，鉅細靡遺的描述外部世界，又對人物內心細緻刻畫。流亡在外的喬伊斯總寫都柏林，他認為如果自己能到達都柏林的中心，就能到達世界上所有城市的中心，他相信在都柏林的特殊中包含著世界的普遍性。

珍・奧斯汀：《理性與感性》（Sense and Sensibility）
《傲慢與偏見》（Pride and Prejudice）

狄更斯：《孤雛淚》（Oliver Twist）
《塊肉餘生記》（David Copperfield）
《雙城記》（A Tale of Two Cities）

《遠大前程》（Great Expectations）

T·S·艾略特：《荒原》（The Waste Land）

《四重奏四首》（Four Quartets）

喬伊斯：《都柏林人》（Dubliners）

《青年藝術家的肖像》（A Portrait of The Artist as a Young Man）

《尤利西斯》（Ulysses）

・美國文學

從波特萊爾在一八五〇年代翻譯愛倫·波的作品起，美國文學開始在歐洲文壇受到矚目。此時，**梅爾維爾**（Herman Melville，1819-1891）的**《白鯨記》**在倫敦出版。它講述亞哈船長指揮的捕鯨船裴廓德號（Pequod）與新手駕駛以實瑪利（Ishmael）和魚叉手奎奎格（Queequeg）一起執著的、自我毀滅的追捕一條抹香鯨的旅程。作家除了人物有角色激烈而焦慮的描寫，也對於十九世紀捕鯨活動和航海生活細節有百科全書式的描述。

故事線由船長亞哈（Ahab）展開，而敘述和反思的口吻則是以實瑪利。這部小說充滿了象徵與暗示，從這兩位主要角色名字便知道主要來源是《聖經》。梅爾維爾不僅大量引用《聖經》敘事典故，也將《聖經》文學類型的多樣性：包含散文、詩歌、敘事、旅行、比喻和戲劇運用其中；他更在講道敘事、預言和世界末日的寫作語調進行模仿。梅爾維爾的另一個重要取材是莎士比亞。在寫此書之前，梅爾維爾仔細研究莎士比亞的戲劇。有論者研究發現，幾乎在《白鯨記》的每一頁都可以發現莎士比亞；這不是指文本的引用，而是效法獨白的語氣和韻律節奏——一種深入吸收同化之後的寫作語境。本書涉及的主題極廣，如航海、生物、政治、痴迷、復仇、理想主義、實用主義、種族、階級和宗教。

福克納（William Faulkner，1897 - 1962）成長於密西西比州的鄉鎮，並在此度過一生大部分的時光。他以家鄉為本寫了一系列作品，表現從傳統到現代的激烈變化，公認為南方文學的偉大作家。他的小說**《聲音與憤怒》**書名取自莎士比亞《馬克白》第五幕：「生命不過是個行走的影子，一個可憐的演員，在舞臺上趾高氣揚、焦躁不安，然後就再也聽不到了：這是一個白痴講述的故事，充滿了聲音和憤怒。」小說即是從一位智障男子的聲音和身分開始描述康普生家族破落的歷程。作品前三個部分分別由智障青年班吉、哥哥昆丁、弟弟傑生的不同角度敘述。這個手法承襲第一人稱寫法的主觀性和真實感，又克服了單一第一人稱敘事的眼界限制，產生多景式的特點。最後一部分才由第三人稱的全知視角帶出康普生家族每個人的思想和行為。小說的四個部分皆以日期為標題，這些日期都與耶穌受難有關。在這些莊嚴的日子裡，康普生家族的成員走向墮落與毀滅，不僅具有諷刺性，更使得整部小說成為關於人類未來的寓言。

《百年孤寂》的作者賈西亞·馬奎斯（García Márquez，1927 - 2014）自承其寫作技法向福克納學習，只是聖經寓言改為印地安神話；他也藉著福克納構建康普生家族的命運描繪《百年孤寂》波恩地亞家族的命運。

史考特．費茲傑羅（Scott Fitzgerald，1896 - 1940）成長於明尼蘇達，十八歲時認識了芝加哥社交名媛和女繼承人吉內芙拉．金（Ginevra King），兩人陷入熱戀。當他提親時，女方父親警告「貧窮的男孩不該想娶有錢的女孩」。傷心欲絕的費茲傑羅從大學退學，並在一次大戰加入陸軍服役。不久，她受父親安排，與熱愛馬球的富有合夥人的兒子結婚。在費茲傑羅的心目中，吉內芙拉成為高不可攀、上流社會女性的典型，反映了難以實現的「美國夢」。這些情節和人物後來都成為**《大亨小傳》**的故事原型。在阿拉巴馬駐守期間，費茲傑羅追求南方顯赫家族出身的齊爾達（Zelda Fitzgerald），也遭到女方以經濟條件差距推遲，直到費茲傑羅出版《塵世樂園》（The Side of Paradise）獲得商業成功，才得以成婚，但是他心中的摯愛仍是吉內芙拉。

一次世界大戰結束時，美國股市快速上漲，同時禁酒令所帶動私酒銷售創造了利潤豐厚的機會，許多「新富」於焉誕生。人們以為舊時代的階級界線可以跨越，有進取心追求「美國夢」的人也可以加入貴族的行列，然而時至今日，這個以古老、富裕、血統來維繫傳統貴族（Old Money）的現象依然存在美國社會，「美國夢」終究會觸及一個不易看見的天花板。此外，書中也抨擊了主角為了追求消費主義的生活方式而輕易的忽視浪費性破壞，加劇了日益突顯的貧富差距。費茲傑羅探索戰後一九二〇「爵士時代」的社會景致，寫作技巧緊湊、緊實、輕快、優美。這些因素都使《大亨小傳》成為歷久不衰的經典。

海明威（Ernest Hemingway，1899-1961）成長於伊利諾州，遺傳父親的硬漢風格，喜歡打獵、釣魚、野營、拳擊和各項球類運動；兩次世界大戰，他都熱中前往殘酷的戰場。海明威高中畢業後，到《堪薩斯城星報》（The Kansas City Star）工作，學習運用強而有力的英語，使用短句，正面而非負面語句。這奠定了海明威的寫作基礎。後來他據此發展為「冰山理論」The iceberg theory 或「省略理論」（The theory of omission）的簡約風格。

海明威認為故事的深層意義不應該全盤呈現，而是含蓄的體現。他相信修剪語言，避免浪費重複，能強化表達真實的強度。要呈現更多的真實，就要給予讀者想像的空間，充分咀嚼指涉的內涵。海明威認為作者刪節了自己所知道的重要事件，故事就會得到強化，但如果因為不知道而留下或跳過某些內容，那麼故事將毫無價值。當小說中只展示了冰山一角，讀者只會看到水面以上的部分，這會賦予故事分量和莊嚴感。為了做到這些，作家必須嚴厲的自我挑戰，並且與編輯過招。為了熟練這種語法，他不怎麼使用連接詞，也不太使用逗號和句點以外的標點符號。他建立如快照般的圖像拼貼，將一個場景剪貼或拼接到另一個場景；這有意的跳接省略，讓讀者填補空白，而蓄意的並列拼貼會讓情節得到強化。

海明威的作品主題包括愛情、戰爭、僑居、旅行、荒野和失落；地點從美國西部、密西根州的溪流，延伸到法國、西班牙、瑞士和非洲山脈，從異鄉找尋深刻的反思，從頻死狀態中體驗超越的感受，從大自然找回堅實的力量。

梅爾維爾：《白鯨記》（The Whale）

福　克　納：《聲音與憤怒》（The Sound and the Fury）

費茲傑羅：《大亨小傳》（The Great Gatsby）

海　明　威：《太陽依舊升起》（The Sun Also Rise）

《戰地春夢》（A Farewell to Arms）

《戰地鐘聲》（For Whom the Bell Tolls）

《老人與海》（The Old Man and the Sea）

世界文學的群山壯闊，我所列出的僅是舉目所見的雲海群峰，然而，若能藉此一窺其浩瀚，自然升起不凡的格局與視野。之後，讀者可依據自己的興趣，選擇偏好的作品，優遊閱讀。相信您會發現，世界寶藏何其豐富，我們又何其有幸與古今偉大的靈魂對話，透視生命美好的價值，過個饒富意義的一生。

文學覺醒——一生必讀 80 本經典文學：

敦南藝術講堂創辦人張志龍，
從歌德、赫曼赫塞到村上春樹，
掌握西洋文學的時代脈絡、內涵與魅力

作　　者／張志龍
美術編輯／申朗創意
企畫選書人／賈俊國

總 編 輯／賈俊國
副總編輯／蘇士尹
編　　輯／黃欣
行銷企畫／張莉滎、蕭羽猜、溫于閎

發 行 人／何飛鵬
法律顧問／元禾法律事務所王子文律師
出　　版／布克文化出版事業部
115 台北市南港區昆陽街 16 號 4 樓
電話：(02)2500-7008 傳真：(02)2500-7579
Email：sbooker.service@cite.com.tw
發　　行／英屬蓋曼群島商家庭傳媒股份有限公司城邦分公司
115 台北市南港區昆陽街 16 號 8 樓
書虫客服服務專線：(02)2500-7718；2500-7719
24 小時傳真專線：(02)2500-1990；2500-1991
劃撥帳號：19863813；戶名：書虫股份有限公司
讀者服務信箱：service@readingclub.com.tw
香港發行所／城邦（香港）出版集團有限公司
香港九龍土瓜灣土瓜灣道 86 號順聯工業大廈 6 樓 A 室
電話：+852-2508-6231　　傳真：+852-2578-9337
Email：hkcite@biznetvigator.com
馬新發行所／城邦（馬新）出版集團 Cité (M) Sdn. Bhd.
41, Jalan Radin Anum, Bandar Baru Sri Petaling,
57000 Kuala Lumpur, Malaysia
電話：+603- 9056-3833　　傳真：+603- 9057-6622
Email：services@cite.my
印　　刷／韋懋實業有限公司
初　　版／ 2024 年 09 月
定　　價／ 499 元
I S B N ／ 978-626-7518-17-5
E I S B N ／ 978-626-7518-15-1（EPUB）

城邦讀書花園 www.cite.com.tw
布克文化 WWW.SBOOKER.COM.TW